MIYABE Miyuki

Du sang sur la Toile

Roman policier traduit du japonais
par Karine Chesneau

Éditions
Philippe Picquier

DU MÊME AUTEUR
AUX ÉDITIONS PHILIPPE PICQUIER

Crossfire

La Librairie Tanabe

Une carte pour l'enfer

Le diable chuchotait

Titre original : *Shadow Family*

Mas de Vert
B.P. 20150
13631 Arles cedex

www.editions-picquier.fr

En couverture : © Alex Maxim

Conception graphique : Picquier & Protière

Mise en page : Ad litteram, www.adlitteram-corrections.fr

ISBN : 978-2-8097-0343-6
ISSN : 1251-6007

Nom : Kazumi
Message posté le 10/08 à 20:15
Titre : Le choc !

Mes notes ont terriblement baissé. Pourtant j'en avais mis un sacré coup. Quand on m'a rendu les corrigés du contrôle, je n'en croyais pas mes yeux ! Il faut que j'aille en parler avec le prof. C'est quand même bizarre, non? Je n'ai rien d'une flemmarde. Il y en a plein qui n'arrêtent pas de sécher les cours pour aller s'amuser, pourquoi je serais la seule à obtenir des résultats aussi nuls, c'est pas normal ! Papa m'a dit que si je travaillais sérieusement, je finirais par être récompensée de mes efforts… Mais c'est vraiment n'importe quoi, tu ne trouves pas? Ça me perturbe tellement que j'en perds le sommeil.

Nom : Papa
Message posté le 10/08 à 23:38
Titre : Garde le moral

Je sais tout le mal que tu t'es donné, Kazumi, pour ce contrôle trimestriel. C'est dommage bien sûr que tu n'aies pas obtenu de meilleures notes, mais sache que je ne t'ai pas menti en t'assurant que tout travail sérieux finissait par porter ses fruits. Et peut-être que tes camarades de classe qui te donnent l'impression de flemmarder étudient comme des fous en cachette. Tu as déjà pensé à ça? A mon avis, tu as tort de te comparer sans cesse aux autres. Demande-toi avant tout pourquoi tu te retrouves dans cette situation.
C'est ton professeur principal que tu veux contacter? Il serait temps que tu discutes avec lui de ton orientation, et

si la présence d'une tierce personne s'avère nécessaire, j'aimerais assister à votre entretien. Tiens-moi au courant s'il te plaît. Mais surtout, ne te décourage pas.

1

Un coup discret se fit entendre, puis la porte de la salle de réunion s'ouvrit. Takegami Etsurô se leva, faisant crisser sa chaise métallique.

— Cela fait si longtemps... dit Ishizu Chikako, avant même qu'il ait pu prononcer un mot.

Elle se tenait debout sur le seuil, tête poliment inclinée. Mais en se redressant, elle affichait un franc sourire. Sans affectation aucune.

— Oh oui, une bonne quinzaine d'années, renchérit Takegami souriant lui aussi, tandis qu'il contournait le grand bureau pour aller à sa rencontre.

L'inspecteur Tokunaga, qui s'était levé de son siège dans le sillage de Takegami, les observait avec curiosité. A l'inverse, la jeune policière entrée dans la pièce en compagnie de Chikako avait reculé d'un pas. Droite comme un I, elle restait plantée là, quelque peu crispée.

— Hier soir, poursuivit Takegami, j'ai repris mon vieux journal de bord, et j'ai calculé que nous avions travaillé ensemble il y a quinze ans et huit mois exactement.

Les joues pleines de Chikako s'épanouirent. Et Takegami serra chaleureusement la main qu'elle lui tendait.

— Tant d'années, déjà ? En tout cas, je suis contente de vous voir toujours en activité. Et chez vous, tout le monde va bien ?

— Grâce au ciel, oui. Ma femme vous transmet ses amitiés.

Chikako parut s'en réjouir.

— Dites-lui que l'omelette aux pommes de terre dont elle m'avait donné la recette remporte toujours un franc succès à la maison.

Une ébauche de sourire se dessina sur les lèvres de la jeune policière à l'air sérieux.

— Laissez-moi vous présenter l'agent Fuchigami Mikie, fit Chikako… de la patrouille de surveillance du commissariat de Suginami.

Grande, 1 mètre 70 environ, l'allure athlétique, l'intéressée salua dans un claquement de talons :

— Enchantée de faire votre connaissance, inspecteur.

— Après le meurtre, précisa Chikako, l'agent Fuchigami nous a prêté main-forte pour renforcer la garde de la maison des Tokoroda. Et le fait de passer plusieurs nuits à surveiller les lieux avec moi lui a donné l'occasion de connaître Kazumi. Pendant un temps, tu l'as même accompagnée à l'école et tu allais la rechercher, n'est-ce pas ?

— Oui ! Mais quelques jours seulement.

Takegami eut un signe de tête approbateur.

— Dans ce cas, je compte sur vous. Ce sera une bonne chose pour Kazumi de retrouver un visage familier aujourd'hui.

— Oui, inspecteur ! répondit avec empressement la jeune policière, bien qu'intimidée par la bienveillance inattendue de son supérieur.

Il faut dire que Takegami avait une fille pratiquement du même âge, mais plutôt effrontée. C'est pourquoi il appréciait la fraîcheur juvénile de son interlocutrice.

Les participants à la réunion prirent tous place autour de la table.

— Et le capitaine Shimojima, où est-il ? s'informa Takegami.

— Dans le bureau du commissaire. Au téléphone avec le directeur Kasai, paraît-il. (Chikako haussa très discrètement les épaules.)

— Pour essayer de le convaincre ?

— Oh, inutile de s'en faire, le patron s'est tout de suite montré favorable au projet. En revanche, le commissaire Tachikawa serait plus hésitant.

— Il n'a peut-être pas tort, intervint Tokunaga avec un petit rire amusé. Reconnaissons que ce plan est particulièrement innovant.

— C'est toi qui dis ça ? Pourtant tu étais partie prenante, rétorqua Chikako, visiblement sans lui en vouloir.

Ces deux-là semblaient parfaitement à l'aise ensemble, alors qu'ils se connaissaient depuis peu. En la voyant adopter une attitude maternelle à l'égard du jeune Tokunaga, Takegami songea qu'elle était restée quasiment la même, malgré le nombre ahurissant d'événements qui peuvent survenir dans la vie de quelqu'un en quinze ans et huit mois. D'ailleurs, n'avait-elle pas hérité du surnom de Mam du temps où elle officiait à la brigade des incendies criminels du DPM, le département de la police métropolitaine de Tôkyô ?

— Ben oui, ça peut être marrant… reprit Tokunaga, avant de se corriger aussitôt : Oh, je suis désolé. Mes propos sont déplacés.

Chikako eut un sourire indulgent.

— A propos, notre homme, à l'extérieur, vous le…

— Nous l'avons contacté, enchaîna Takegami. Il est en place et se tient prêt.

— J'ai appris que c'était un membre de votre équipe.

— Oui, il s'appelle Torii. Un gars sérieux, on peut lui faire confiance.

La sonnerie du téléphone interne retentit. L'agent Fuchigami se précipita sur le récepteur, dit trois mots, et se tourna vers Takegami :

— Le capitaine Shimojima vous demande dans le bureau du commissaire, inspecteur.

— Bon, on y va !

Takegami se donna une grande tape sur les cuisses, puis se leva.

— … Il faut que j'aille saluer l'organisateur du spectacle à venir, non ?

Paroles déplacées là aussi, mais prononcées à dessein. Tout le monde l'avait compris. Il voyait bien que sous leurs airs désinvoltes, chacun d'eux était en réalité sur le qui-vive, prêt à passer à l'action.

2

Les faits s'étaient déroulés dans la nuit du 27 avril, vingt-deux jours plus tôt.

A la suite d'une querelle probable entre plusieurs personnes dans la partie résidentielle du bloc 3, quartier de Niikura, arrondissement de Suginami, des cris de femme avaient été entendus. Information enregistrée par le poste de police de Niiyama, bloc 2, quartier de Yamano de la même circonscription, après un appel téléphonique leur ayant été adressé directement. Et non pas au 110, numéro d'urgence de la police.

La correspondante, Fukada Tomiko, cinquante-deux ans, était une habitante du bloc 1 de Yamano. Elle avait fourni ses nom et adresse lors de la communication. Membre du comité de quartier, elle jouait depuis des années un rôle d'informatrice auprès des îlotiers en service au poste de proximité, dans le cadre des actions de prévention criminelle. Le brigadier-chef Sahashi Kazunari, cinquante-cinq ans, qui avait décroché le téléphone, la connaissait bien et accordait crédit à ses informations. Sitôt alerté, il avait sauté sur sa bicyclette pour se rendre sur place.

Quartiers limitrophes, Niikura et Yamano s'étendaient le long d'un axe est-ouest. Lors de l'installation d'un nouveau poste de police à cet endroit six ans auparavant, l'administration avait décidé de l'appeler Niiyama, en associant la première syllabe des deux noms. Particulièrement proches, les blocs 3 de Niikura et 1 de Yamano, jadis terres cultivées, n'étaient séparés que par un étroit canal d'irrigation de moins d'un mètre de large, vestige du passé.

L'habitation de Fukada Tomiko donnait sur ce canal. Selon ses explications, les cris de l'altercation provenaient d'un chantier de trois maisons préfabriquées en construction, situé juste de l'autre côté de la voie d'eau. Donc, le brigadier Sahashi avait filé dans cette direction. Il devait traverser le bloc 1 de Yamano et passer forcément devant la maison Fukada. Tomiko, qui le guettait devant sa porte, agita sa lampe de poche dès qu'elle aperçut le policier à bicyclette. Il ralentit aussitôt et la pressa de rentrer chez elle.

— C'est là, c'est là !

La femme braqua son faisceau lumineux sur une habitation en construction recouverte d'une bâche en plastique bleu. A un jet de pierre seulement.

— J'ai entendu des bruits de voix. Alors j'ai regardé par la fenêtre et j'ai entendu une femme crier, j'ai vu la bâche se soulever et quelqu'un en est sorti.

Face à l'agitation et à l'anxiété manifeste de son interlocutrice, le brigadier Sahashi lui réitéra l'ordre de rester à l'intérieur. Puis il traversa à bicyclette le pont en béton qui enjambait le canal, pédala jusqu'à la bâche et mit pied à terre.

Yamano et Niikura étaient des quartiers résidentiels où les rangées de maisons neuves composaient un paysage semblable à n'importe quelle zone d'habitation récemment implantée dans la métropole. Depuis des temps très anciens et jusqu'à une époque toute récente, des fermiers aisés, anciens propriétaires des lieux, s'étaient employés à développer une agriculture florissante en périphérie de la capitale. D'où le nombre relativement faible, comparé aux arrondissements plus centraux, de terres agricoles morcelées vendues à des promoteurs immobiliers.

Un avantage certain pour la région. Néanmoins, à partir des années 1990, de plus en plus de propriétaires avaient été contraints de céder leurs biens, accablés par de coûteux droits de succession en hausse constante. Promoteurs et entrepreneurs spécialisés dans le petit habitat s'étaient précipités sur ces terrains ; les premiers édifièrent d'immenses ensembles d'appartements vendus à l'unité ; les seconds construisirent en nombre limité des maisons préfabriquées, mises en vente à grand renfort de matraquage publicitaire sur le thème : « Votre maison individuelle en ville ! »

Longtemps, les vues aériennes des quartiers Yamano et Niikura laissèrent apparaître de grandes surfaces vertes – champs cultivés – mêlées à celles de taille plus modeste – quartiers résidentiels – dont les teintes variées des groupes de toits et de murs n'étaient pas sans rappeler un tableau pointilliste. L'ensemble formait une superficie colorée, rare en pleine capitale. A présent, les vastes étendues vertes disparaissaient une à une, au profit de petits lotissements. Mais, pour cause d'économie en perte de vitesse, les nouvelles taches de couleur étaient moins serrées et compactes qu'autrefois, donnant une impression d'isolement.

Les trois maisons en construction recouvertes d'une bâche bleue correspondaient à l'une de ces taches de couleur. L'entreprise du bâtiment Yamada en assurait à la fois la réalisation et la vente. Une société connue pour ses tarifs élevés mais aussi pour la qualité de ses produits. Son grand logo imprimé sur la bâche représentait un oiselet jaune occupé à faire son nid sur une branche.

Quand le brigadier Sahashi descendit de bicyclette et alluma sa torche, la première chose qui lui sauta aux yeux fut ce volatile. Or, seuls les oiseaux sauvages nichent dans les arbres. Pourtant, aucun doute, le dessin représentait un canari. Passionné d'observation des oiseaux en milieu naturel, le policier se sentait contrarié par cette inexactitude à chacune de ses rondes. Ce jour-là encore, il éprouva la même irritation, comme il le raconterait plus tard à un collègue. Pourquoi diable s'attache-t-on à ce genre de détail le jour où on est confronté à une affaire grave ?

Les structures des trois maisons venaient tout juste d'être achevées. La méthode de construction 2 x 4 à ossature bois souvent utilisée dans le préfabriqué ne prévoit généralement pas de toiture provisoire. D'où la nécessité de protéger l'ensemble, piliers et fondations, contre les intempéries en les recouvrant d'une bâche solidement amarrée. Là aussi, l'entreprise Yamada se montrait irréprochable. Un simple coup d'œil suffit à rassurer le policier sur la mise en place impeccable de la toile.

Jusqu'à sa vente à Yamada, trois ans plus tôt, cette étroite bande de terrain d'à peine 1 000 mètres carrés peu propice à l'agriculture faisait partie de la ferme des Eguchi. Quand, à la fin des années 1980, la famille avait décidé de cesser toute activité agricole et de déménager, elle avait gardé ce terrain pour le louer en minuscules parcelles à usage de jardins potagers. Nommé dès l'ouverture du poste de Niiyama, le brigadier-chef Sahashi savait tout sur ces lopins de terre. Certains croulaient sous les tomates et les aubergines de calibres différents aux formes étranges mais fort appétissantes, tandis que d'autres, vraisemblablement entre les mains de novices, dépérissaient quels que soient les légumes plantés.

A présent, plus de la moitié des terrains restaient en friche. Les trois maisons préfabriquées en construction occupaient le quart de ce terrain en forme de barre de chocolat, à l'extrémité sud-ouest.

Pas un bruit, pas âme qui vive, pas la moindre trace de la scène rapportée par Fukada Tomiko. Le policier inspecta le chantier pieds dans la boue et, torche à la main, fit le tour des trois maisons. A gauche : RAS. Au milieu : RAS. A droite : rien d'anormal non plus.

Tandis qu'il balayait les lieux de son faisceau lumineux, Sahashi s'attarda de nouveau sur le logo du petit oiseau jaune. Il déplaçait machinalement la lampe de bas en haut, quand il remarqua quelque chose qui avait dégouliné sur la pointe d'une aile du canari. Quelque chose comme une goutte.

Il s'approcha pour y voir mieux.

Et découvrit, non pas une, mais plusieurs gouttes. Noires, encore humides.

Du sang.

Jusqu'à ce moment précis, le policier n'avait nulle intention de soulever la bâche et de se risquer à l'intérieur. Pénétrer sans autorisation sur un chantier pouvait, tout policier qu'il fût, lui attirer des ennuis avec l'entrepreneur.

Mais, vu les circonstances, impossible de se dérober désormais. Il essaya de soulever la toile. Solidement fixée, comme l'exigeait la sécurité, elle résista, et malgré ses efforts il ne put la remonter que d'une cinquantaine de centimètres. Alors, il s'accroupit et rampa par-dessous avec la sensation de se frayer un passage dans un tuyau.

Pas besoin de chercher longtemps : l'homme gisait là, sous ses yeux. En complet-veston, corps plié en deux, bras dissimulant le visage, jambes désarticulées. Près de la tête tournée sur le côté, une serviette en cuir.

L'odeur de sang emplissait l'atmosphère, dominant celle des matériaux qui flotte d'ordinaire dans une maison en construction.

Instinctivement, Sahashi saisit la manche de sa matraque, puis regarda sa montre aux aiguilles fluorescentes : 22 heures 29.

Il promena sa lampe torche autour de lui, et à deux mètres en aval du cadavre, le faisceau lumineux fit briller quelque chose. Sahashi s'approcha prudemment en éclairant le sol. Un couteau avec une lame d'une vingtaine de centimètres se trouvait là. Lame et manche maculés de sang. Il en avait assez vu. Il repassa sous la bâche et sortit prendre sa radio pour prévenir le poste de police.

Dès l'inspection de ses objets personnels, dont le contenu de la serviette, la victime fut facilement identifiée. Il s'agissait de Tokoroda Ryôsuke, quarante-huit ans. Directeur de service au siège social de la S.A. Orion Foods, société de produits alimentaires sise à Tôkyô. Marié, un enfant. Domicilié à moins de dix minutes de la scène du crime.

Encore un petit détail, signala le brigadier Sahashi : une fois la nuit tombée, ce quartier est très calme. Par conséquent, la famille de la victime, l'épouse Harue, quarante-deux ans, et la fille Kazumi, seize ans, avait à coup sûr entendu la sirène de la voiture de patrouille appelée par radio. Et à supposer qu'elles ne lui aient pas prêté attention, le son strident leur était forcément parvenu aux oreilles. Cette idée le tourmentait.

3

— Je suppose que vous avez maintenant tous fait connaissance, dit Shimojima, regardant tour à tour chacune des personnes présentes.

Personnage affable, bel homme de petite taille et bien mis, ce capitaine de police avait dû plaire aux femmes dans sa jeunesse. Une expression d'anxiété non feinte se lut sur son visage quand il s'adressa à Takegami :

— Vous avez des nouvelles de Naka ?

— Oui, son état reste stationnaire. Il vaut mieux s'en réjouir, n'est-ce pas ?

Shimojima l'approuva vigoureusement de la tête.

— En effet, je ne tiens pas à perdre un membre de l'équipe.

— Je vous comprends.

Le bureau du commissaire Tachikawa, loin d'être spacieux, était d'une propreté exemplaire. Pas un grain de poussière sur sa table, ni sur les accoudoirs du canapé destiné aux invités. Les vitres de la fenêtre orientée à l'est brillaient du même éclat que celles des cadres accrochés aux murs pour exposer ses décorations. Le commissaire était un adepte du ménage impeccable. Derrière son fauteuil, fixée sur la pointe de la hampe du drapeau du Soleil levant, une magnifique boule en or, étincelante. A l'évidence, ses hommes avaient pour ordre de l'astiquer quotidiennement.

— En tout cas, c'est déjà extraordinaire, reconnut le commissaire Tachikawa, que le directeur Kasai nous ait donné le feu vert pour mener à bien ce projet sans précédent.

Regard agité, ongles tapotant nerveusement sur la table... D'après Takegami, le commissaire était plus effrayé que soucieux.

— Cette méthode n'a rien d'insensé, rectifia le capitaine Shimojima d'une voix posée. Elle n'est pas complètement inédite. Et puis, si cela ne marchait pas – au pire une chance sur mille –, nous n'aurions perdu qu'un après-midi, c'est tout.

— Oh, vraiment ?

— Oui. Et puisque notre plan concerne des mineurs, il serait risqué d'employer un moyen plus frontal.

Un officier audacieux et un général craintif... Telles furent les qualificatifs venus spontanément à l'esprit de Takegami que la conversation des deux hommes fit sourire en son for intérieur.

Comme j'aurais voulu que Naka assiste à cette scène ! Il serait aux anges de voir ça !

Admis en salle de soins intensifs à l'hôpital, son ami en rêvait peut-être à l'instant même.

Takegami crut l'entendre lui souffler :

Quel sale coup, mon pauvre Gami ! Désolé, mais il faut que tu me remplaces, je compte sur toi !

En tant que chef du bureau, voilà une éternité que Takegami n'avait pas été directement impliqué dans des séances d'identification et d'interrogatoire de suspects, comme dans le cas présent.

L'essentiel de sa mission consistait normalement à produire la totalité des documents officiels nécessaires aux enquêteurs, à créer des dossiers de photos et cartes, à dresser les différents procès-verbaux, à transcrire les enregistrements vidéo et audio. Soutien logistique, c'était un poste vital dans une investigation criminelle, et bien qu'à l'arrière-plan, un rôle pas facile à assumer.

Le plus souvent, un commissariat de quartier ne disposait pas d'officier suffisamment expérimenté dans ce travail, qui exigeait de manipuler une incroyable quantité de documents pour effectuer les investigations relatives à un crime très grave : meurtre, vol d'envergure, enlèvement. Le DPM déléguait alors un responsable en mesure de prendre en charge toute la part administrative. Mais pas question de recruter n'importe qui à ce poste clé. Préparer et fournir des documents officiels étaient des actes beaucoup trop complexes pour un novice. A force, certains policiers devenaient experts en paperasserie. Avec des attitudes diverses : certains se sentaient sous-estimés, d'autres se dévouaient corps et âme.

La 1re division du DPM regroupait sept équipes, chacune ayant son spécialiste administratif. Le meurtre commis dans la maison en construction était du ressort de l'équipe 3, dirigée par le capitaine Shimojima. Chef du bureau : Nakamoto Fusao. Collègue très apprécié et respecté de Takegami (par ailleurs sympathique compagnon de bar), ce vétéran se consacrait à sa tâche depuis trente ans.

Trois jours avant le crime du bloc 3 de Niikura, le 24 avril à 21 heures passées, au club de karaoké Jewel (quartier de Matsumae, arrondissement de Shibuya), Imai Naoko, une étudiante de vingt et un ans employée là à temps partiel, avait été étranglée par un inconnu. Le traitement de cette affaire du Jewel revenait à l'équipe 4 de Takegami. Or, la 3 étant alors de réserve (ce qui fait qu'elle serait appelée à s'occuper de l'affaire suivante de Niikura), cela laissait du temps libre à Nakamoto qui avait proposé à Takegami de l'aider à organiser un bureau pour la cellule d'enquête installée au commissariat de Shibuya-Sud. Nakamoto lui apporterait son assistance professionnelle, pas seulement par altruisme, mais aussi pour servir les intérêts de la fameuse campagne qu'ils menaient de concert.

En effet, Takegami et Nakamoto étaient en pleine discussion pour tenter de négocier auprès des cadres supérieurs l'acquisition d'un coûteux scanner à haute définition. Problème majeur : le DPM manquait de crédits d'une manière chronique. Une situation loin d'être exceptionnelle qui affecte, semble-t-il, les polices du monde entier. La simple demande d'un nouvel ordinateur personnel était susceptible d'engendrer un tissu de complications. Dans un tel contexte, persuader les élites ignorantes du travail de bureau qu'un scanner permettrait d'améliorer notablement la rapidité et la précision de ces tâches, et les pousser à desserrer les cordons de la bourse, s'avérait plus difficile que de vendre un autocuiseur à riz à un éléphant ! Comme si, de l'avis des instances dirigeantes, l'utilisation de matériel destiné à alléger la charge du personnel relevait du délit.

D'où l'intérêt de rédiger un rapport détaillé sur les conditions de travail et le rendement du bureau mis en place par Takegami au commissariat de Shibuya-Sud. Avec, en préambule, la réponse à la question que ceux-ci se posaient tous : « C'est quoi, au juste, un scanner ? »

Takegami n'était pas contre l'idée. Mais entretemps, un crime avait été commis dans le quartier de Niikura, et Nakamoto avait été détaché au commissariat de l'arrondissement de Suginami dans le cadre de l'enquête.

Malgré la somme énorme de tâches à effectuer chacun de leur côté, les deux chefs de bureau continuaient à se concerter à propos de cette histoire de scanner. Ne participant pas directement aux investigations sur le terrain, ni l'un ni l'autre n'avait à se prononcer sur le cas d'homicide qu'il leur incombait de traiter. Néanmoins, ils avaient l'impression que l'affaire de Takegami allait s'éterniser, tandis que celle de Nakamoto se résoudrait rapidement. A ce stade, naturellement, ils n'imaginaient aucun lien entre les deux meurtres.

Pourtant, deux jours après le meurtre de Niikura, soit cinq jours après celui du Jewel, on découvrit non pas un, mais plusieurs éléments laissant supposer l'existence d'une connexion possible.

Primo : l'étude des fibres prélevées sur les vêtements des victimes. Tissu d'une matière très ordinaire, mais d'une teinture peu commune, obtenue grâce à un colorant bleu qui n'était fabriqué dans aucun pays asiatique. Ni au Japon pour commencer, ni en République populaire de Chine, ni à Taïwan ni en Corée-du-Sud. Une analyse poussée conclut à une teinture chimique élaborée par une société basée à Ottawa (Canada), et sur une courte période : entre décembre 1998 et mars 1999. Pourquoi un laps de temps aussi limité ? Parce qu'il s'agissait d'une commande spéciale émanant d'un fabricant de vêtements, également d'Ottawa.

Cette entreprise avait utilisé ce tissu de teinte bleu intense pour produire deux articles : un gilet et une parka. Vêtements populaires standard, mais commercialisés sous le nom de ce coloris particulier, *bleu millénium*, et confectionnés par lots de deux cents exemplaires, pas plus. La marchandise avait été expédiée pour les ventes de Noël 1999 et la majeure partie du stock écoulée. Le nombre de pièces était trop faible pour avoir pénétré le marché japonais, mais l'apparition d'une vedette du petit écran portant un gilet de cette couleur au cours de l'émission spéciale du réveillon avait suffi pour que le bleu millénium soit connu, surtout parmi les jeunes.

On avait retrouvé ces fibres textiles peu courantes sur les corps de la jeune Imai Naoko et de Tokoroda Ryôsuke. En quantité infime. A croire que, dans les deux cas, le jour du crime, le meurtrier portait un gilet ou une parka de cette collection, et que ces fibres étaient restées collées sur les vêtements des victimes lors de l'agression. Du fait de leur origine canadienne, Takegami s'était d'abord imaginé des vêtements adaptés au grand froid, pour alpinistes par exemple. En réalité, ils se portaient aussi en ville. Bien que l'on fût fin avril quand ces actes atroces avaient été perpétrés, la température chutait dès le coucher du soleil. Rien d'anormal par conséquent, que le criminel fût chaudement vêtu en cette saison.

Secundo : l'assassinat d'Imai Naoko avait bien eu lieu au club de karaoké Jewel, mais dans l'escalier de secours du troisième étage, et non pas dans l'une de ses cabines privées. Un restaurant occupait le rez-de-chaussée de cet immeuble de huit étages ; Jewel louait le premier pour sa réception, ainsi que les deuxième et troisième niveaux.

Les clients venus se divertir au karaoké n'avaient aucune raison de passer par cet escalier que seuls les employés empruntaient parfois. D'un autre côté, les portes d'accès n'étant pas verrouillées, n'importe qui pouvait s'y glisser. Sinon, à quoi servirait un escalier de secours ?

A l'heure du crime, des travaux de finition intérieure étaient effectués juste au-dessus du troisième étage, celui du Jewel, et les ouvriers empruntaient aussi cet escalier. Les autres locataires de cet immeuble de commerces variés n'auraient guère apprécié de les voir prendre l'ascenseur en tenue de travail pendant les heures d'ouverture. Leur peinture blanche avait dégouliné et éclaboussé un peu partout les marches. Bien entendu, la bâche de protection aurait dû éviter les taches, mais elle était probablement mal posée. Il restait çà et là les traces rondes des fonds de pots utilisés.

Nul doute : le meurtrier d'Imai Naoko avait marché sur ces taches. On distinguait nettement les empreintes blanches laissées par ses talons dans l'escalier. Dommage que la suite de ces empreintes ne fût pas visible sur le sol recouvert de linoléum. Cela aurait permis d'en apprendre davantage, notamment sur sa pointure.

A peine perceptibles, des traces de cette peinture blanche avaient été décelées par terre à côté du cadavre de Tokoroda Ryôsuke, une peinture de composition différente de celle employée sur le chantier des maisons préfabriquées. Quant aux semelles de la victime, elles se révélèrent vierges de toute peinture.

Avec cette histoire d'escalier, Takegami et Nakamoto comprirent que les deux enquêtes n'allaient pas tarder à fusionner et qu'au final ils travailleraient ensemble. Nakamoto pressentit qu'il faudrait que son petit groupe restreint du commissariat de Suginami se transporte chez leurs collègues à Shibuya.

Tandis que cette décision se discutait en haut lieu, d'autres éléments décisifs firent surface. Trois ans plus tôt, Imai Naoko, alors lycéenne en deuxième année à l'institut privé de filles Sakurada, avait travaillé à temps partiel dans la section tests des produits alimentaires Orion Foods, société qui employait Tokoroda Ryôsuke. Il faisait partie de l'équipe publicitaire du service développement des compléments alimentaires, celui-là même qui engageait des lycéennes pour tester les nouveaux produits. D'où la forte probabilité que les deux victimes aient lié connaissance à l'époque.

Le nom d'Imai Naoko provoqua auprès du personnel une vague réminiscence, mais sa photo, absolument rien.

— De toute façon, précisa quelqu'un, sur les quatre-vingts ou cent lycéennes que nous avons vu défiler, nous avions besoin d'en recruter seulement dix ! Par pure formalité, nous avons vérifié leur carte d'étudiante et rempli un dossier pour chaque candidature, mais on ne peut pas se rappeler du nom et du visage de toutes ces filles.

Il est vrai que vers vingt ans une jeune fille se transforme physiquement, plus qu'à n'importe quel âge. Toujours est-il que sans ces registres d'embauche à temps partiel, il eût été difficile de découvrir un lien potentiel entre les deux victimes.

Au bout du compte, sept jours après la mort de Tokoroda Ryôsuke, les deux enquêtes fusionnèrent. Conformément aux prévisions de Nakamoto, le groupe de Suginami se transporta au commissariat de Shibuya-Sud.

Ce rassemblement entraîna aussi des changements dans la composition des effectifs. La direction de la nouvelle formation revint au capitaine Shimojima, de l'équipe 3 venue de Suginami. Avec tact, le capitaine Kamiya, de la 4 dont dépendait Takegami, céda sa place sans se faire prier. Il reconnaissait bien là son chef si peu soucieux de ses prérogatives.

Nakamoto et Takegami remplirent leur fonction administrative en gardant pour eux, sans l'évoquer auprès de leurs supérieurs, la question du scanner qui leur tenait à cœur. Comme l'occasion se présentait de réfléchir à de nouvelles techniques de travail et de les expérimenter, leur collaboration se révéla parfaite.

La résolution d'une affaire est souvent comparée à l'épisode de la Bible, lorsque la mer Rouge se sépare en deux. Arrive le moment où l'on trouve soudain la clé de toutes les énigmes. Les flots tumultueux se retirent brusquement pour ouvrir un chemin rectiligne au beau milieu de l'immensité. Mais la réalité est tout autre, se disait Takegami, et n'a rien à voir avec ça. Ce n'était pas par pure afféterie qu'on employait le terme *dédaléen* pour nommer les cas insolubles, car les affaires non éclaircies sont aussi inextricables qu'un labyrinthe. Pas de piste précise, mais une multitude de fils d'Ariane, chacun se déroulant dans une direction différente. A moins d'aller vérifier par soi-même, il n'y a aucun moyen de savoir lequel nous mènera jusqu'à la sortie. On est obligé d'explorer tous les méandres, toutes les directions. Et même si les enquêteurs désorientés se voyaient remettre un bâton de Moïse permettant d'ouvrir une brèche franche et nette dans ce labyrinthe, ils se contenteraient de l'utiliser pour reposer leurs jambes fatiguées, avant de reprendre leur traque. Sans parvenir, tant s'en faut, à découvrir la bonne issue en dépit de leurs efforts.

Existait-il un lien personnel entre Tokoroda Ryôsuke et Imai Naoko ? La voilà, la question essentielle. Depuis le début, l'équipe d'investigation mettait toute son énergie pour le découvrir.

Un indice reliait les deux victimes : une lycéenne, en l'occurrence Imai Naoko, recrutée par Orion Foods pour goûter les nouveautés alimentaires avant la mise sur le marché, fournissait la plupart de ses réponses par correspondance ou au téléphone. Le face-à-face entre les membres de l'entreprise et les filles se limitait à la réunion d'information préliminaire. Compte tenu de son rôle au sein du service, celui de finaliser le projet, Tokoroda Ryôsuke ne traitait jamais directement avec les testeurs de produits au sujet de leurs rapports respectifs. Plusieurs autres employées, exclusivement féminines, assumaient cette fonction.

Or, il se trouvait que celle chargée d'Imai Naoko se souvenait fort bien de la jeune fille. La responsable la décrivit comme très vivante, volubile, peu pressée de raccrocher le téléphone après avoir répondu au questionnaire, et lui racontant des histoires intéressantes. Quelque chose en particulier l'avait interpellée.

— A ce moment-là, expliqua-t-elle à l'enquêteur qui recueillait son témoignage, je débutais moi-même dans la société quand on m'a affectée sans préparation à l'équipe publicitaire. Je me suis jetée dans le travail sans trop savoir comment m'y prendre. Les lycéennes que j'avais en charge avaient presque mon âge, ça me plaisait beaucoup. Mais dès qu'il m'arrivait d'oublier ma position de chef, les gamines n'en faisaient qu'à leur tête et ne respectaient pas la date limite de remise de leur rapport. J'étais affreusement blessée par leur attitude.

La femme précisa qu'Imai Naoko ne se comportait pas comme une enfant capricieuse et qu'elle aimait bavarder sur des sujets divers, mode, maquillage, etc. La vie d'une employée de bureau novice semblait l'attirer, au point qu'elle avait demandé à la responsable le montant de son salaire. Après l'université, Naoko rêvait de décrocher un emploi dans une entreprise, si possible de premier ordre. N'importe quel travail fera l'affaire, assurait-elle, du moment que la paie est bonne et que les bureaux sont remplis de types mignons pleins d'avenir. Son interlocutrice n'avait pu s'empêcher de rire, tout en comprenant que c'était une fille sincère, d'une rare franchise.

Puis elle évoqua le point qui préoccupait tant l'ensemble des enquêteurs :

— Orion Foods n'est pas une très grosse société, mais nous avons une belle réputation. C'est sans doute pourquoi Imai Naoko a postulé pour cet emploi temporaire de testeur de produits. Elle m'a interrogée avec précision sur le concours d'embauche. Et puis, elle se montrait dithyrambique sur ces hommes tellement beaux de l'équipe publicitaire rencontrés à la séance d'information, qu'elle trouvait si séduisants. Elle m'a même déclaré, je m'en souviens bien : « Le jour où il y aura une soirée entre employés pour apprendre à mieux se connaître, vous verrez, je suis sûre qu'on m'invitera ! » Je l'ai laissée parler, mais sans rire, elle avait vraiment l'air de s'intéresser au personnel masculin de chez nous. Naoko aimait les hommes d'âge mûr, *parce qu'ils sont fiables*, m'a-t-elle expliqué. Elle ne m'a pas fait l'impression d'être une de ces filles qui cherchent à fréquenter un vieux pour se faire entretenir. D'après moi, elle était en quête d'un petit ami mature et généreux.

Mais la responsable ne l'avait jamais entendue prononcer le nom de M. Tokoroda.

— A ma connaissance, Naoko n'a pas eu l'occasion d'entrer en contact direct avec lui. Mais M. Tokoroda était le chef de l'équipe publicitaire, également le plus âgé ; tous les autres, y compris les femmes, étaient jeunes. Donc – et ce n'est bien sûr qu'une impression personnelle – quand Imai Naoko faisait référence à ces hommes si beaux, elle avait peut-être à l'esprit la personne de M. Tokoroda. Etait-il au courant ? Ça, je ne sais pas.

Du côté de la victime, certaines de ses amies rapportèrent l'information suivante : pendant un temps, Imai Naoko avait laissé entendre qu'elle sortait avec un homme plus âgé. Marié de surcroît. Cette liaison extraconjugale s'était produite entre la fin de sa deuxième année au lycée et son passage en troisième et dernière année, six mois après son travail à temps partiel chez Orion Foods. Et puis, il paraît qu'au cours des vacances d'été, elle avait commencé à se plaindre que cette relation ne marchait pas bien, et d'ailleurs, très vite elle s'était trouvé un nouveau petit ami.

Et si ce fameux partenaire dans une histoire d'adultère était Tokoroda Ryôsuke ? Sans avoir eu l'opportunité d'entrer en contact avec lui au cours de son contrat pour les tests de produits, Imai

Naoko pouvait très bien avoir pris l'initiative de l'approcher. En tombant comme par hasard sur lui dans le quartier, ou en le croisant à la gare. Des hypothèses parmi d'autres. Situé tout près de son lycée, le siège social d'Orion Foods dépendait de la même gare. Donc, rien d'impossible à tout ça. Il était parfaitement concevable que les deux victimes aient entretenu des relations intimes.

C'est alors qu'apparut un nouveau fil d'Ariane.

Cette Ariane-là était majeure, mais les enquêteurs continuaient à l'appeler non sans une certaine ironie « la petite A », en référence à la loi interdisant la divulgation du nom d'une mineure. Aucun doute, la police la considérait comme la suspecte n° 1. Mais en l'absence de preuve déterminante, pas question de révéler son identité au public.

La petite A suivait la même classe de séminaire qu'Imai Naoko. Recalée la première année au difficile concours d'entrée à l'université, elle avait un an de plus. Etudiante sérieuse aux notes excellentes, son entourage n'avait pas à s'en plaindre. Comme sa famille habitait loin, elle vivait toute seule grâce à l'appui de ses parents qui lui envoyaient de l'argent pour assurer son quotidien. Ses vêtements sobres et son style de vie simple dû à ses revenus modestes la situaient à l'opposé d'Imai Naoko.

Au risque d'employer une expression démodée, Naoko et la petite A étaient rivales en amour : présent aux funérailles et identifié par les enquêteurs, le dernier petit ami de Naoko était l'étudiant qui sortait auparavant avec la petite A. Ces deux-là se fréquentaient depuis leur entrée à l'université, et leurs amis les voyaient comme un vrai couple.

Sur ce, Naoko était arrivée et lui avait volé son amoureux. Cette histoire remontait à six mois en arrière. Blessée dans son amour-propre (quoi de plus naturel), la petite A était devenue folle de rage. Une situation classique et fréquente. Un drame que tout un chacun est susceptible de connaître une ou deux fois dans sa vie. Argument qui ne diminue pas pour autant le chagrin et la colère ressentis. Il y eut plusieurs échanges houleux entre les trois protagonistes, et leurs camarades ne se privèrent pas d'ébruiter ces scènes autour d'eux.

Au bout du compte, dans ce genre de conflit, c'est toujours la personne quittée qui doit céder. Mieux vaut concentrer son énergie à reprendre le cours de sa vie plutôt que de s'accrocher indéfiniment à un combat perdu d'avance. Mais pour quelqu'un d'aussi sérieux, pur et exclusif que la petite A, l'injuste traîtrise de son petit ami était impardonnable. Elle n'admettait pas la rupture. A l'instar de Don Quichotte, elle le harcelait sans répit, provoquant systématiquement le même résultat : il la repoussait, la fuyait. Et Naoko ricanait en se moquant d'elle…

La conduite immorale de Naoko était aussi source d'humiliation pour la petite A. Tout le monde avait eu vent de sa liaison avec un homme marié. Normal que cette aventure adultère ne soit pas restée secrète, puisque Naoko en personne l'avait ébruitée. Jeune fille simple, la petite A était sans doute choquée à l'idée d'être évincée dans ses affaires de cœur par une étudiante qui s'était lancée sans scrupules dans une relation sexuelle condamnable, claironnait son aventure, passait son temps à se pomponner et à courir les garçons au détriment de ses études. Takegami n'avait aucun mal à imaginer l'état d'esprit de la petite A. S'il avait été son professeur principal à l'université, il l'aurait sermonnée, lui rappelant que notre monde est fait d'injustices, et que dans les relations hommes-femmes en particulier on ne peut avoir recours aux règles de la simple logique.

La petite A s'était plainte haut et fort auprès de ses amis. Elle avait clamé son envie de tuer Naoko, assuré qu'elle ne pardonnerait jamais à son petit ami et qu'elle pourrait lui faire payer très cher sa trahison. Paroles qu'elle ne reniait d'ailleurs pas. En réalité, après le meurtre de Naoko, une question récurrente courait sur toutes les lèvres dans leur classe de séminaire : « Et si c'était elle, l'assassin ? » Consciente des soupçons qui pesaient sur sa personne, la jeune fille marchait sur des braises.

Au quartier général de l'équipe d'investigation, commissariat de Shibuya-Sud, décision avait été prise de procéder à une audition circonstanciée de la petite A. C'est alors que Tokoroda

Ryôsuke avait été assassiné. Puis on avait découvert un lien entre les deux affaires. A l'évidence, la petite A en voulait à Naoko. Toutefois, Tokoroda n'avait eu, en principe, aucun contact avec elle. Alors, que fallait-il penser de tout cela ?

Contre toute attente, la réponse vint de la petite A elle-même. Le lendemain de la fusion des deux équipes d'investigation, elle se présenta au commissariat, escortée de sa mère venue spécialement à Tôkyô, et fit spontanément sa déposition. (A cette occasion, plusieurs journaux s'empressèrent de publier une fausse information : *L'assassin interpellé !* Articles que Nakamoto se fit une joie de découper. Collectionner ce type de coupures de presse délirantes sur des enquêtes criminelles constituait son passe-temps favori.)

La petite A parla avec franchise et sang-froid à l'enquêteur chargé de recueillir sa déposition :

— En fait, j'ai rencontré M. Tokoroda. Une seule fois, je tiens à le préciser. Un jour où j'avais rendez-vous avec Naoko pour discuter. Elle lui avait demandé de l'accompagner sous prétexte qu'il valait mieux qu'un adulte assiste à notre conversation.

C'était un dimanche après-midi, juste après le Nouvel An. La petite A, qui avait noté la date dans son journal, se souvenait aussi de l'heure et de l'endroit.

— Dans un café, près de la gare de Shibuya. Nous y sommes restés de 14 heures à 16 heures, je crois. La salle était presque vide, il faut reconnaître que l'établissement n'est pas facile à trouver. Ils étaient déjà là tous les deux quand je suis arrivée.

Tokoroda Ryôsuke s'était présenté comme un ami de Naoko, une sorte de grand frère pour elle.

— Avec Naoko, on a dû se voir à quatre ou cinq reprises pour parler. En tête à tête, ou en présence de mon ex. Mais c'est la seule fois où M. Tokoroda est venu.

La petite A raconta que Naoko se comportait de façon on ne peut plus décontractée avec son grand frère, qui lui rendait la pareille.

— Ils se tenaient bras dessus bras dessous, Naoko collée contre lui. Et il l'a laissée faire pendant tout le temps qu'il me sermonnait. Il m'a expliqué que c'était ridicule d'en vouloir autant à quelqu'un parce qu'il avait rompu, que mon petit ami en avait assez de mes pensées lugubres qui tournaient à l'obsession, que je devrais arrêter mes enfantillages. Les sourires méprisants de Naoko me mettaient en rogne. A un moment, j'ai lancé à M. Tokoroda : « Vous qui prétendez être comme son grand frère, vous le saviez, vous, qu'elle a eu une liaison avec un homme marié ? Elle l'a annoncé tout de go à son copain. Et en plus, elle s'en vante ! Alors, qu'est-ce que vous en dites ? » Naoko a pouffé : « Quelle question ! Evidemment qu'il le sait, puisque c'était lui mon mec marié ! On ne couche plus ensemble, mais on est toujours amis. Voilà pourquoi il prend ma défense aujourd'hui, c'est mon allié. » J'étais tellement choquée par ce que je venais d'entendre que je suis restée sans voix, confia la petite A à l'enquêteur, avant de poursuivre : M. Tokoroda avait l'air gêné, c'est bien normal. Moi, j'ai compris que ce n'était pas la peine d'essayer d'avoir une conversation sérieuse avec ces deux-là, je me suis levée et je suis sortie du café. Naoko s'est contentée de me regarder partir en riant, tandis que M. Tokoroda s'est précipité pour me rattraper dans la rue.

La petite A raconta qu'il lui avait présenté ses excuses, sincèrement désolé. Elle poursuivit :

— Il m'a dit que Naoko se conduisait tout le temps comme ça, que ses manières sans-gêne le contrariaient lui aussi, mais il ne pouvait pas la laisser tomber. Il m'a conseillé de ne plus entrer en contact avec elle. Par contre, s'il pouvait m'être utile, je ne devais pas hésiter à lui demander son aide, il ferait tout son possible. Il m'a tendu sa carte de visite. Je n'en voulais pas, mais il me l'a glissée de force dans la main. Je me suis pratiquement enfuie en courant jusqu'à la gare, et seulement une fois sur le quai, j'ai regardé la carte. C'était celle de l'entreprise où il travaillait : Orion Foods... Au verso, il avait noté son adresse e-mail personnelle et son numéro de téléphone portable. J'étais... tellement vexée, triste aussi, tellement... Alors, je suis rentrée directement chez moi... mais je n'arrêtais pas de penser à tout ça.

A l'enquêteur qui lui demandait pourquoi elle avait pris la peine de communiquer toutes ces informations au risque de se compromettre, la petite A répondit :

— Après ce qui était arrivé à Naoko, j'ai deviné que la police allait me soupçonner. Mais je ne l'ai pas tuée. Jamais je n'aurais commis une horreur pareille ! Et puisque je n'étais pas l'assassin, je me moquais bien d'être interrogée. J'étais sûre qu'un jour on découvrirait la vérité. Mais quand M. Tokoroda a été assassiné, puis que la police a établi un lien entre ce meurtre et celui de Naoko… les gens ont commencé à s'inquiéter, ils s'imaginaient qu'il s'agissait d'un tueur en série, et là, j'ai vraiment eu la frousse. Je me suis dit que la police finirait bien par apprendre que j'avais été en contact avec M. Tokoroda, ce qui renforcerait ses soupçons. J'aurais beau plaider l'innocence, jurer que je ne les avais pas tués, on aurait beaucoup de mal à me croire. C'est pourquoi au début, j'avais eu l'intention de passer sous silence ma rencontre avec lui. Après tout, personne n'était au courant. Mais quand j'ai vu que l'angoisse d'un tueur en série se répandait comme une traînée de poudre, j'ai craqué. Il se pouvait effectivement qu'un serveur ou quelqu'un dans le café se rappelle nous avoir vus ensemble. Et qu'il en informe la police. Dans ce cas, quelle explication irais-je donner pour me justifier ? Trop tard : je serais acculée, on ferait de moi un assassin. Donc, j'ai décidé de tout vous raconter spontanément. Car je ne suis pas une criminelle, je ne les ai tués ni l'un ni l'autre. Je n'ai rien à me reprocher !

Vivant seule, la petite A ne pouvait pas fournir le moindre alibi pour les meurtres. Selon ses déclarations, à l'heure des crimes, elle se trouvait dans son studio. Personne n'était avec elle ni ne lui avait parlé au téléphone. Dans ces conditions, pas de vérification possible. Par ailleurs, aucune déposition de témoin oculaire ne mentionnait sa présence sur le lieu des meurtres. Pas trace non plus de la fameuse peinture blanche sur les semelles de ses chaussures, qu'elle avait montrées sans résistance à la police. Dans l'état actuel de leurs investigations, et en l'absence d'arguments irréfutables leur permettant d'obtenir un mandat de perquisition, les enquêteurs n'étaient pas autorisés à inspecter son logement en quête des fameuses fibres bleues. Mais personne n'avait témoigné l'avoir vue avant les meurtres vêtue d'un gilet ou d'une parka d'un bleu intense aisément mémorisable. Pas trace non plus d'un voyage en Amérique du Nord récemment, ni déposition d'un témoin signalant lui avoir prêté ou offert un vêtement bleu millénium. Pas de preuve matérielle. Rien qu'une intime conviction.

Délicat aussi de porter un jugement d'après la façon de procéder du ou des assassins. Imai Naoko avait été étranglée. Non pas à main nue, mais avec un lien en plastique – cordelette ou autre – que le meurtrier, posté derrière elle, lui avait passé autour du cou avant de serrer fort. La nuque portait des marques très nettes au point de jonction du lien. Dans le dos, sous l'omoplate droite exactement, le médecin légiste constata une zone de sang congestionné de la taille d'un poing. Un hématome caractéristique provoqué par un assassin quand il fait tomber sa victime sur le ventre, et qu'il la maintient ensuite immobilisée, un genou enfoncé dans l'épaule. En agissant par surprise, une femme seule était capable d'étrangler quelqu'un de cette manière. A côté d'Imai Naoko, chétive et dépourvue de force musculaire pour cause de régimes amaigrissants à répétition, la petite A était grande, ancienne championne de volley-ball au lycée, les bras puissants (elle-même en convenait), par conséquent dotée de l'énergie nécessaire pour accomplir ce crime. Pourtant, le fait qu'une femme fût capable d'un tel acte – évidemment plus facile à effectuer pour un homme – ne prouvait rien en soi.

Le cas de Tokoroda Ryôsuke s'avérait autrement plus complexe. L'arme du crime abandonnée sur place était, sans risque de se tromper, un couteau à fruits pourvu d'une lame d'une vingtaine de centimètres, d'un modèle si courant qu'il était impossible d'en déterminer la provenance. La petite A avait déclaré qu'elle ne possédait pas ce genre d'instrument. D'accord, elle se faisait à manger, mais d'une façon tellement simplifiée qu'elle n'en avait pas l'usage.

Tokoroda Ryôsuke avait reçu vingt-quatre coups de couteau répartis sur tout le corps. Sa mort avait été provoquée par un choc hémorragique, mais son corps présentait huit blessures si profondes que, de l'avis des spécialistes, une seule d'entre elles aurait suffi à lui ôter la vie. Les seize autres, plus superficielles, étaient disséminées de manière aléatoire, sur l'épaule, le flanc, une rotule, un mollet… Les blessures sur les paumes et les bras laissaient supposer une position de défense : d'abord debout, l'homme fait face à son agresseur qui le poignarde de front, et alors qu'il chancelle dans un mouvement de recul pour protéger ses plaies, il est renversé et maintenu à terre, allongé sur le dos. Puis frappé de plusieurs coups de couteau. Par l'assassin, vraisemblablement à califourchon sur lui. Les vingt-quatre entailles témoignaient de réactions vitales, preuve que la victime était encore en vie à chaque attaque subie. Mais d'après les analyses effectuées sur les plaies pour déterminer leur angle d'attaque, le degré de torsion, la pénétration de la lame, l'homme avait perdu connaissance et cessé d'opposer toute résistance pour près de la moitié des coups reçus.

Poignarder une personne de face réclame un sacré courage. Même une arme à la main, une fois sur place, ce n'est pas facile de passer à l'acte. Néanmoins, si la discussion s'envenime, que le sang vous monte à la tête dans un élan de fureur et un état de choc émotionnel, vous pouvez franchir la limite : l'excitation engendre l'excitation, vous frappez, frappez, encore et encore, et quand vous prenez soudain conscience de votre propre folie, la victime est déjà déchiquetée pratiquement. Une situation qu'il n'est pas rare d'observer dans les homicides à l'arme blanche. Dans ces cas-là, le manque de robustesse ne pose pas problème. Avec l'énergie du désespoir, une petite femme aux bras menus trouvera la force d'enfoncer un couteau entre les côtes d'un homme. En somme, tout dépend des circonstances, et dans cette affaire, pas plus que d'habitude, il n'était possible de préciser le sexe du criminel.

Une incertitude que renforça le compte rendu du médecin légiste : les vingt-quatre coups de couteau n'avaient peut-être pas été donnés par un seul et même individu. La présence simultanée de blessures profondes potentiellement mortelles et d'un grand nombre de blessures superficielles – simples éraflures pour certaines – laissait penser que plusieurs personnes de forces physiques et mentales différentes avaient pu prendre part à ce crime.

Ou bien, deuxième hypothèse : les blessures les plus graves avaient été infligées au début de l'attaque (à savoir la victime toujours debout), et ensuite, les plus légères, quand l'homme était tombé à la renverse. L'action d'une seule et même personne devenait envisageable : il ou elle frappe, frappe et frappe à en perdre haleine, ses forces faiblissent, et il ou elle devient incapable d'ajuster ses coups de couteau. Là encore, ce scénario ne permettait pas de se décider sur le genre, masculin ou féminin, de l'agresseur.

Au centre de ces spéculations se tenait la petite A, suspecte n° 1 plutôt fragile. Les soupçons dirigés contre elle se révélaient précaires. Certes, elle ne manquait pas de raisons de tuer. Du moins en ce qui concernait Imai Naoko. Mais Tokoroda Ryôsuke ? Admettons qu'elle ait agi seule la première fois, elle devait pourtant se sentir au cœur de toutes les suspicions après le meurtre de son ancienne camarade de classe. Dans ces conditions, avait-elle un motif assez solide pour passer aussi rapidement à l'acte et tuer Tokoroda ? Peut-être. Selon le témoignage de la petite A, il s'était montré exagérément envahissant en voulant se mêler de ses affaires. Imaginons la suite : il prend contact avec elle d'une manière ou d'une autre tandis que les soupçons de meurtre pèsent sur elle, il lui propose son aide, il lui fait valoir que si elle est coupable, le mieux serait d'avouer, ils se rencontrent tous les deux non loin de la scène du crime à Niikura, et par des propos malavisés, il blesse l'orgueil de la petite A, courant ainsi à sa propre perte. Un scénario tout à fait plausible.

L'informatrice Fukada Tomiko avait entendu crier une femme sur le lieu du crime. Qu'il y ait eu un ou plusieurs assassins sur le site, une présence féminine ne faisait plus de doute. Mais qui ? Etait-ce opportun d'accuser la petite A, et de se concentrer sur cette unique cible ?

Et puis un jour – deux semaines exactement après l'homicide à Niikura, selon les souvenirs de Takegami –, Nakamoto s'exprima sur le cas en question, un événement rare qui méritait d'être souligné.

Stupéfaction de Takegami : non seulement Nakamoto faisait connaître son opinion sur l'affaire en cours – ce qui était déjà surprenant en soi –, mais en plus, ce même jour, lors d'une réunion des enquêteurs engagés sur le terrain, il s'était montré très distant à l'égard des quelques jeunes qui avançaient une théorie quasi similaire à la sienne. Son manque d'intérêt avait suscité chez eux révolte et colère.

Ce groupe suggérait de renoncer temporairement à la thèse accusant la petite A et de se focaliser sur d'autres personnes liées aux victimes de leur vivant. Depuis le début, l'enquête se concentrait sur Imai Naoko et avait fait de la petite A le suspect n° 1. En creusant du côté de Tokoroda Ryôsuke, on pourrait peut-être découvrir un mobile totalement différent.

— Dis-moi, Naka, tu n'as pas entendu les petits jeunes rouspéter, par hasard ?

Nakamoto se mit à rire, lissant ses cheveux clairsemés sur le haut du crâne :

— Contrairement à toi, Gami, je n'écoute guère ce que disent les gamins. Ces blancs-becs auraient eu la même idée que moi… ? (Il semblait plutôt content de lui.) Mon cerveau n'est pas complètement HS, à ce que je vois, j'arrive encore à faire fonctionner mes méninges en dehors de l'activité de gestion du bureau. Enfin… je ne cherche pas à dévaloriser ce travail, bien sûr.

— Oh ! Je sais bien.

Là-dessus, Nakamoto se tut. Visiblement embarrassé. Aux yeux de Takegami, l'air confus de son ami après avoir rajouté cette dernière phrase à la hâte, attestait plus de sa sincérité que les paroles prononcées et leur signification.

Naka en a peut-être assez de son emploi de bureau. Un ancien aussi dévoué à son métier, fiable, expérimenté, aux compétences appréciées de tous, en arriverait donc à se laisser gagner par la lassitude. Et lui-même ? Main sur la poitrine, Takegami s'accorda dix secondes de réflexion sur le sujet.

Plusieurs jours s'écoulèrent. Sans apporter de nouvelles informations concernant la petite A. Sans nouvelle découverte non plus. Une ambiance pesante régnait au sein de l'équipe, certaine d'avoir exploré aussi minutieusement que possible toutes les pistes. Alors, les jeunes remirent sur le tapis leur théorie, qui ne fut pas davantage prise en compte.

Plongé dans ses pensées, Nakamoto se montrait anormalement agité. Un jour, à l'heure du déjeuner, il s'était régalé d'un plat de nouilles au sarrasin avec Takegami et reprenait souffle, quand il lança, comme si l'idée venait de lui traverser l'esprit :

— Ecoute, tu vas trouver que ça ne me ressemble pas, mais au bout de trente ans de métier, j'ai bien envie de m'essayer à autre chose que le simple travail de bureau.

— Tu veux faire une proposition par écrit ?

— Oh non, rien d'aussi formel ! s'esclaffa Nakamoto en accompagnant son rire d'un petit geste de la main. Je pourrais juste en toucher deux mots au capitaine Shimojima.

30 ans de métier. Des paroles lourdes de sens. L'intonation de Nakamoto laissait supposer qu'il prenait aujourd'hui conscience d'être resté dans l'ombre pendant tout ce temps.

Takegami ne se risqua pas à l'interrompre. Il gardait en mémoire la précédente réaction de son ami, et devinait sans peine ses pensées. De toute façon, Nakamoto camperait probablement sur ses positions, aucun argument ne le ferait changer d'avis. Par conséquent, il décida de se taire. *Trop parler nuit*.

Stupeur : la proposition de Nakamoto fut retenue avec une étonnante célérité par son supérieur. Takegami n'en revenait pas.

— En fait, Shimojima m'a confié qu'il avait eu la même idée que moi. Mais face à l'attitude particulièrement négative de l'équipe au cours des réunions, il n'avait pas voulu assumer le rôle de celui qui dégoupille la grenade. Alors voilà, c'est moi le type qui va se brûler les ailes. Au fou ! se moqua Nakamoto, l'air malgré tout satisfait.

De consultation en consultation, le plan commença à prendre forme : Nakamoto quittait le bureau, tandis que Takegami restait à son poste. Ce dernier trouvait le scénario bien ficelé, son ami le lui avait exposé oralement. A présent, c'était le capitaine Shimojima qui tenait les commandes du projet, et en l'entendant dire à propos du plan de Nakamoto dont il avait adopté l'idée : « Oh, c'est juste un truc qu'on essaie dans le cadre de l'enquête en cours », Takegami rit sous cape. Le chef prend les devants pour se couvrir en cas d'échec.

Ce projet requérant une présence féminine, on convia en vitesse une femme inspecteur du commissariat de Suginami. Le choix s'était porté sur Ishizu Chikako. Décidément, cette histoire enchaînait les surprises ! Takegami demeurait abasourdi.

Ishizu Chikako. Le nom lui était familier. Avant même de se plonger dans ses souvenirs, il fronça les sourcils. Il y a plusieurs années, cette femme s'était retrouvée, par sa faute à elle, dans une situation inconfortable. A l'époque, elle faisait partie de la brigade de lutte contre les incendies criminels au DPM de Tôkyô. En pleine investigation sur un cas énigmatique de meurtres en série, elle avait outrepassé les ordres et sa hiérarchie l'avait rétrogradée. Mise à l'écart. Autant dire au placard. Avec sa réputation écornée, impossible de la muter au Centre des relations publiques. C'était donc ça ! Voilà pourquoi elle avait échoué au commissariat de Suginami.

Bien entendu, Nakamoto n'ignorait rien non plus d'Ishizu Chikako et de sa conduite passée. Main en coupelle sur la bouche pour étouffer sa voix, il murmura :

— Shimojima est plus fourbe que prévu. Au moindre problème, il compte lui faire porter le chapeau, tu ne crois pas ?

« Probable à 50-50 », jugea Takegami.

— En ce cas, fais attention à toi aussi, Naka.

— Non, non, moi, c'est OK. Tant que je ne suis pas obligé de reprendre mon travail de bureau… Et puis, je ne suis pas loin de la retraite.

— Oh, mais c'est vrai, dis donc !

— Eh oui. (Nakamoto plissa les yeux l'espace d'un instant, comme s'il voulait saisir au vol l'image furtive qui passait devant lui.) Tu vois, si c'est pour être en première ligne, je suis partant, malgré les risques éventuels.

En guise de réponse, Takegami se contenta de hocher la tête. Peut-être que, lui aussi, dans un avenir proche, se lasserait de son emploi actuel et rêverait d'une place au soleil. Peut-être mourrait-il d'envie de ressentir la satisfaction de résoudre directement une affaire. Rien n'est impossible, il l'avait constaté. Et pourtant…

Maintenant rassuré au sujet de Nakamoto, le cas d'Ishizu Chikako lui occupait toujours l'esprit, et l'inquiétait. N'étant pas en position de lui apporter personnellement son soutien, il se promit de garder les yeux sur elle.

Non ! Pas question de tomber dans le pessimisme. Qui sait si, contre toute attente, ces deux-là n'allaient pas réaliser des prouesses ? Pour être franc, il ne savait pas de quoi était capable Nakamoto sur le terrain. En revanche, comme enquêtrice, Chikako était loin d'être incompétente. De plus, avec son côté maternel, elle convenait parfaitement au rôle qu'ils lui avaient attribué.

Ces préparatifs menés à leur terme, tout était fin prêt pour l'interrogatoire. Ne restait plus qu'à attendre le jour J.

Et soudain, Nakamoto s'écroula.

Infarctus du myocarde.

Certains signes l'avaient déjà alerté. Un jour, il s'était senti oppressé, mais après un bref passage à l'hôpital, la douleur, de faible intensité, avait disparu. Rien de semblable cette fois-ci. L'avant-veille, dans l'après-midi, il s'était évanoui alors qu'il montait les escaliers du commissariat. Transporté d'urgence en ambulance à l'hôpital, pour l'instant il n'avait pas repris connaissance, maintenu en salle de soins intensifs dans un état grave.

Mais on ne pouvait pas ajourner l'interrogatoire tout juste mis en place selon le plan proposé par Nakamoto. Hors de question également pour le capitaine Shimojima d'assurer l'intérim du malade. Le directeur Kasai s'y refuserait.

Qui donc allait assumer son rôle ?

En choisissant de désigner Nakamoto, le capitaine Shimojima avait largement de quoi fournir des excuses en cas d'échec de l'opération. Aucun enquêteur en première ligne sur le terrain n'étant impliqué, il ne serait pas difficile de camoufler les bavures éventuelles. En réalité, seul un effectif restreint de la cellule en charge de l'affaire avait été informé en détail de ce projet. La grande majorité n'y prêtait pas attention.

Mais le capitaine Kamiya, de l'équipe 4, était un fin psychologue. Il comprenait parfaitement le mode de fonctionnement interne de Takegami. Sitôt calmée l'agitation provoquée par l'hospitalisation de Nakamoto, il appela son chef de bureau dans le couloir, hors de la salle de séance de travail. De but en blanc, il lui lança :

— Dis-moi, Gami, tu as bien l'intention de te proposer pour remplacer Nakamoto ?

Sourire désabusé de Takegami.

— Tu vois quelqu'un d'autre ?

— Ishizu Chikako en serait capable. Elle fait déjà partie de l'équipe, elle passerait juste du second au premier rôle. Et puis, elle n'a plus rien à perdre.

Takegami n'eut pas le temps de demander au capitaine s'il parlait sérieusement.

— Je blague, voyons ! s'esclaffa Kamiya.

— Oui, je m'en doutais ! répliqua Takegami sur le ton de la plaisanterie lui aussi.

— Naka s'est lassé de son emploi de bureau, tu ne crois pas ? Il avait sûrement envie de passer à l'action et de monter sur le devant de la scène. (Manifestement, cette réalité n'avait pas échappé non plus au capitaine.) Sinon, il se serait contenté de nous proposer son plan, laissant quelqu'un d'autre le mettre à exécution. Toi, c'est bien ce que tu aurais fait, non ?

— Mais moi, je ne suis pas encore blasé, ce travail de bureau m'intéresse toujours autant.

Vague grognement approbateur de Kamiya qui se garda bien de le taquiner sur ce point.

— Si je voulais t'en empêcher, tu le ferais quand même, n'est-ce pas, Gami ?

— Non. Jamais sans ton accord. J'ai le sens du devoir.

— Alors, je ne te retiens pas. Vas-y, lance-toi ! Je t'y autorise.

Et tandis qu'il rebroussait chemin dans le couloir, Kamiya ajouta par-dessus son épaule :

— Et puis, c'est l'affaire d'une demi-journée, pas plus. Si tu t'en sors bien, tout le mérite t'en reviendra, autrement, ce n'est pas grave, ça ne portera pas à conséquence. Moi, vois-tu, je sens que tu prends la bonne décision, conclut-il, le regard pénétrant.

— Je te remercie.

En entrant dans la salle, Takegami scruta le visage du capitaine Shimojima. Quand il le vit clairement soulagé de l'entendre se porter volontaire, ses pensées se tournèrent de nouveau vers son ami. *Tu es content, hein, Naka ?*

Voilà comment Takegami en était arrivé là, à jouer la doublure de dernière minute. Mais allait-il tenir son rôle sans défaillance ?

De : Maman
A : Minoru
Objet : La nouvelle maison

Est-ce que papa t'a parlé d'une nouvelle maison ? Il dit qu'il voudrait un bureau. La maison actuelle n'est qu'une rénovation de vieille bâtisse, alors il paraît qu'elle va bientôt tomber en ruine.
Il y en a de belles en construction dans le coin, mais il hésite, il les trouve loin de la gare.
D'après lui, le secret, quand on achète un bien, c'est d'y aller non pas une seule fois, mais plusieurs fois, et d'y retourner sans arrêt, à des jours, des heures et par des temps différents.
J'ai bien l'impression que papa y passe systématiquement le soir à son retour du travail.
C'est bien, non ? J'aimerais tellement qu'il m'y emmène le prochain coup, mais j'ai peur d'exagérer si je lui demande ça, qu'est-ce que tu en penses ?

4

— On va s'installer dans la salle d'interrogatoire n° 2. Nous risquons d'y être un peu à l'étroit, mais tant pis, dit Ishizu Chikako qui descendait l'escalier, suivie de Takegami et Tokunaga portant tous les dossiers de l'affaire. La n° 1 est dans l'ombre l'après-midi, ses fenêtres sont orientées au nord et à l'est.

— Et puis, la glace sans tain de la 2 est toute neuve. On l'a remplacée le mois dernier, expliqua Tokunaga en arrivant à hauteur de Takegami. Il paraît qu'un prévenu a balancé une chaise sur l'ancienne, je me demande bien pourquoi.

La salle d'interrogatoire n° 2 se trouvait au bout d'un couloir sinueux. Le commissariat de Shibuya n'avait rien d'un vieux bâtiment, mais faute d'un éclairage correct, il y faisait sombre. Au fond, l'écriteau lumineux *Porte de secours* aveuglait même en plein jour.

Assis sur le banc face à la salle n° 2, attendait un homme de grande taille, Akizu Shingo de l'équipe 4. Takegami entretenait de bons rapports avec ce jeune enquêteur qui se leva, sourire étudié aux lèvres, dès qu'il aperçut le petit groupe. Désignant son rouleau de papiers dans la main droite, il s'exclama :

— J'en ai entendu de belles ! Je crois bien qu'on tient quelque chose d'intéressant.

— Vraiment ? Ce n'est pas garanti.

— Toujours aussi rabat-joie, Gami ! Hé, Tokumatsu !

Tokunaga ne cacha pas son mécontentement d'être ainsi interpellé par son surnom. Il détestait en effet son prénom, Matsuo (écrit avec les idéogrammes *pin* et *homme*) à la tonalité un peu surannée, lui qui arborait un air conquérant, se piquant de légèreté et d'insolence. Akizu le taquinait en connaissance de cause.

— Eh, toi ! Tu ne serais pas allé à Orion Foods ? répliqua Tokunaga. Tu as bien raconté que la réceptionniste était une beauté ?

— Oui, mais ce n'est pas mon type. Elle est petite. Et moi, j'aime les grandes minces. Elle serait parfaite pour toi, Tokumatsu, tu ne crois pas ? Vous feriez la paire tous les deux, vous seriez comme ces mignons couples de poupées traditionnelles faits en œufs de caille.

Akizu dépassait le mètre quatre-vingt, tandis que Tokunaga frisait à peine le mètre soixante-cinq. Lui, l'homme des calembours, souffrait d'un complexe de petite taille. De son côté, Akizu avait la mauvaise habitude de mettre le doigt là où ça fait mal.

Takegami le rembarra d'un geste.

— Bon, on ne va pas passer son temps à blablater, intervint avec gentillesse Chikako en poussant la porte de la salle d'interrogatoire n° 2.

Akizu la salua gaiement :

— Vous êtes bien Ishizu Chikako ? Permettez-moi de me présenter : Akizu Shingo, le protégé de Takegami.

— Tiens, je ne me souviens pas de t'avoir pris sous mon aile ! rétorqua l'intéressé. Dis donc, tu n'aurais pas idée de te porter candidat pour le travail de bureau ?

— Tu serais d'accord, si je postulais ?

— Ah non, impossible de prendre un hurluberlu de ton espèce !

— Ouh là là !

Akizu se frappa la tête avec son rouleau de papiers.

— Mille excuses, Gami ! En réalité, tout ce que je voulais, c'était avoir la chance de rencontrer la madone de tes rêves de jeunesse. N'est-ce pas, inspecteur Ishizu ?

Ishizu Chikako écarquilla les yeux :

— C'est de moi dont vous parlez ?

— Mais certainement !

— Tokunaga, débarrasse-moi de ce gros machin, allez, du balai ! s'écria Takegami, en s'effaçant devant Chikako pour la laisser entrer dans la salle d'interrogatoire. Ne perdez pas votre temps à répondre à ce grand dadais.

— Tu entends ça, Grand-Dadais ? (Tokunaga bomba le torse.) Vous voyez un balai, inspecteur Ishizu ? Il y en a sûrement un dans le coin.

— Hé ho, Petite-Caille, tu as bien assez de poigne pour me virer de là ! le coupa Akizu, sans lâcher pour autant Chikako : La prochaine fois, j'espère que vous aurez l'occasion de me parler tranquillement de l'époque où vous travailliez avec Gami. Je compte sur vous.

— D'accord, si ça ne vous ennuie pas d'entendre une vieille dame évoquer ses souvenirs du passé.

— J'en serais ravi. Oh ! ça suffit, Petite-Caille. Arrête de te trémousser comme ça, tu vas faire rougir Gami !

Sur ce, Akizu partit à grandes enjambées dans le couloir, plantant là Tokunaga vert de rage jusqu'à ce qu'il se décide enfin à entrer dans la salle d'interrogatoire sur l'insistance de Chikako.

Takegami se tenait bras croisés près de la fenêtre, regardant au-dehors à travers les solides barreaux. Sous ses yeux, le parking du commissariat. De l'autre côté de la rue étroite à sens unique, un amalgame de maisons individuelles, immeubles de location et copropriétés des bas quartiers. Un voile blanc recouvrait le ciel bleu et la brise printanière leur apportait les bruits du quartier animé de Shibuya.

Takegami tourna le dos à la fenêtre. Sur sa droite, une glace sans tain encastrée dans le mur. Il s'en approcha et passa la main dessus, sans raison particulière.

Au milieu de la pièce, un bureau et deux chaises métalliques en vis-à-vis. Près de la fenêtre, une petite table, place de l'officier de police préposé au procès-verbal de séance. Sol et murs nus, aucune décoration, hormis l'interphone mural. Une salle d'interrogatoire typique comme celles des séries télé. Manquait à la rigueur la lampe pour aveugler le suspect, plus un cendrier en fer bon marché.

Takegami tira une chaise qui grinça sur le sol, et s'assit.

— Cela fait combien d'années que vous faites ce genre de travail ? demanda Chikako toujours debout, adossée à la porte d'entrée.

— Eh bien... voyons voir... une dizaine d'années au moins.

— On vous a donc chargé du bureau dès votre entrée en fonction ici.

— Je ne déteste pas ce travail, vous savez.

Tokunaga se dirigea vers la table installée près de la fenêtre, puis étala les formulaires à remplir qu'il portait sous le bras en expliquant :

— J'ai déjà effectué cette tâche.

— C'est ce qu'on m'a dit, admit Takegami.

— Je peux faire comme d'habitude, n'est-ce pas ?

— Oui, c'est le mieux.

— D'accord. Je voulais juste m'en assurer. Pas besoin de cendrier ?

— Ça ira pour commencer. On en prendra un plus tard si on ne sait pas comment occuper le temps.

— Entendu, acquiesça Tokunaga avec un élégant geste de la main. (Pas étonnant qu'il fût en butte aux plaisanteries d'un rustre tel qu'Akizu.)

Sans s'être donné le mot, Takegami et Chikako regardèrent simultanément leur montre : 14 heures 10.

— Bon, il va falloir que je descende dans le hall, prévint Chikako.

— Oui, oui, allez-y. Elle est venue toute seule ?

— Non, avec sa mère. Je vais juste demander à la maman d'attendre dans une autre pièce.

— C'est préférable. Mais, indiqua Takegami, si la fille ne veut pas être séparée de sa mère, on peut les garder ensemble.

— Oh ça, je crois que nous serons tranquilles.

Takegami regarda Chikako pour vérifier qu'il ne se méprenait pas sur le sens de ses paroles.

— C'est vrai, reconnut-elle, Kazumi et sa mère n'ont aucune affinité. La fille voulait venir seule, mais sa mère a absolument tenu à l'accompagner. Kazumi la trouve horripilante et lui reproche de vouloir se mêler de tout. Mais c'est sans doute une étape à franchir dans toute famille avec un adolescent.

— Ma fille me fait sentir que je suis de trop depuis ses dix ans déjà. Quand je rentrais le soir, elle s'écriait parfois : « Tu passes la nuit ici, papa ? » Pour un peu, elle m'aurait demandé de régler ma note !

Chikako et Tokunaga éclatèrent de rire.

— Le capitaine Shimojima se plaint de la même chose, fit remarquer Tokunaga.

Chikako s'adressa à Takegami :

— Si je ne me trompe, votre fille est majeure maintenant ?

— Oui, ça y est, elle a fêté ses vingt ans l'année dernière. Elle est à l'université. C'est désormais une adulte, mais seulement sur le papier.

Tout en songeant avec tendresse à la fillette d'autrefois, Chikako sortit de la salle d'interrogatoire. Takegami étala ses papiers, prit des lunettes dans la poche intérieure de sa veste et les posa sur l'arête du nez. A la surprise de Tokunaga.

— Il te faut des lunettes pour lire à présent ?

— J'ai acheté ces loupes de lecture hier.

— Tu devrais passer un test d'acuité visuelle et te commander des verres à ta vue.

— En fait, je n'en ai pas encore besoin.

Face à l'air moqueur de Tokunaga, Takegami s'empressa de préciser :

— Je t'assure, je ne bluffe pas, je n'en suis pas encore aux lunettes de vue. Je me suis simplement dit que ce serait mieux d'en porter aujourd'hui.

Après un temps de réflexion, Tokunaga l'interrogea :

— Pour l'empêcher de lire en toi ?

— C'est à peu près ça, oui.

— Tu gamberges trop, Gami.

— Espérons que tu aies raison.

La sonnerie de l'interphone retentit.

— Elle est arrivée, annonça Takegami.

De : Kazumi
A : Minoru
Objet : Je me déteste

Je comprends rien, j'en ai marre de réfléchir, pourquoi je suis comme ça ? Et toi, Minoru, t'es pas angoissé ? Moi si, pour tout et n'importe quoi. Je passe mon temps à me demander : est-ce que quelqu'un a besoin de moi, est-ce qu'on m'aime ? J'ai souvent l'impression de ne pas avoir ma place dans ce monde. Ça passe pas. Est-ce que ça leur serait égal à mes amis si je disparaissais ? Peut-être qu'ils se trouveraient une nouvelle amie, point final. Pareil pour toi, hein ? Et les parents ? Ils disent qu'ils sont les seuls à nous aimer sans condition, mais c'est de la connerie. Si l'enfant n'est pas intelligent, vaut mieux pas en avoir. Je ne réponds pas du tout à leur attente, ils doivent se demander pourquoi ils ont une fille comme moi.

De : Papa
A : Kazumi
Objet : Ne t'inquiète pas comme ça !

Minoru m'a demandé de te rassurer, tellement tu étais angoissée.
Sache que ta mère et moi, nous t'aimons tous les deux. Tu es vraiment une gentille fille.

5

Quand Tokoroda Kazumi entra dans le commissariat de Shibuya-Sud, les jeunes hommes présents dans le hall la dévisagèrent, toutes les têtes se tournèrent vers elle comme tirées par une ficelle.

Kazumi les ignora. Non pas parce que la tension et l'anxiété lui occupaient trop l'esprit pour les remarquer. En les voyant la fixer des yeux, elle leur avait lancé un regard signifiant : *Mais qui vous donne le droit de me reluquer de la sorte ?*

A l'opposé de sa fille, Tokoroda Harue avait du mal à dissimuler sa frayeur. Son regard louvoyait d'une personne à l'autre, comme si elle tentait désespérément d'expliquer la raison de leur venue ici. Elle faisait peine à voir.

Côté vestimentaire, la mère et la fille n'avaient rien de commun non plus. Ensemble en tricot anthracite pour Harue, sac de cuir noir tout simple, chaussures assorties, et aucun bijou à l'exception de son alliance. Chaussée de ballerines, Kazumi exhibait des jambes nues fuselées mises en valeur par sa minijupe en vinyle noir brillant et son haut à motif géométrique noir et blanc. Entre ses seins rebondis au galbe parfait, pendait une croix d'argent retenue par une chaîne au design sophistiqué. Ses cheveux bruns décolorés lui tombaient aux épaules, et l'une de ses oreilles s'ornait d'un petit piercing doré.

Du temps de Chikako, les lycéennes de seize ou dix-sept ans adoptaient parfois ce style de vêtements *fashion*, mais en général il s'agissait de filles qui tournaient mal. Tokoroda Kazumi était différente. Elle fréquentait une école privée prestigieuse et obtenait d'excellentes notes, parmi les meilleures de sa classe. Changement d'époque, à l'évidence.

Ishizu Chikako s'avança vers les deux femmes pour les saluer :

— Je vous remercie d'avoir pris la peine de venir aujourd'hui.

Harue parut si heureuse de revoir l'inspecteur Chikako et la jeune agent Fuchigami que c'en était presque émouvant.

— Je vous prie de nous excuser, nous sommes en retard.

— Pas du tout, la rassura Chikako d'un sourire, il nous reste encore cinq minutes.

Puis elle regarda Kazumi, légèrement en retrait de sa mère :

— Désolée de te faire manquer l'école.

Mais sans tenir compte des paroles de Chikako, Kazumi s'adressa à l'agent Fuchigami, et à elle seule :

— Ça se passe où, l'identification des suspects ?

La réponse fusa :

— Je t'y conduis !

— Et… moi… (Harue semblait décontenancée.) Je ne dois pas accompagner ma fille ?

Avant même que les deux policières aient prononcé un mot, Kazumi lança brutalement :

— C'est bon ! On en a déjà parlé. Combien de fois faudra-t-il le répéter ? Je refuse d'avoir ma mère à côté de moi. Pour qu'elle vienne m'embrouiller, ah non, merci !

Chikako se glissa entre la fille et la mère, prenant celle-ci par le bras.

— Tu peux accompagner Kazumi au premier ? demanda-t-elle à Fuchigami. Il y a certaines choses par ici que j'aimerais montrer à Mme Tokoroda.

Chikako emmena Harue hors du hall, passa devant le bureau de la Circulation et entra dans une petite salle de réunion. Sur une vieille table brinquebalante étaient disposés plusieurs articles apportés du dépôt des pièces à conviction : vêtements, chaussures, mouchoir, carnet, dossiers.

Harue y jeta un œil, et sursauta.

— Ce sont bien les affaires personnelles de votre mari, avec le contenu de sa serviette. (Chikako prit une chaise et invita Harue à s'asseoir.) Mais, voyez-vous, pour les besoins de l'enquête, nous avons aussi réuni bon nombre d'objets que nous avons trouvés dans le bureau et le casier de M. Tokoroda à son travail. Nous sommes en mesure de les restituer maintenant, mais nous avons du mal à faire la distinction entre ses effets personnels et ce qui doit être rendu à l'entreprise. Nous avons pensé que vous, son épouse, vous pourriez savoir.

— Euh... oui. (Harue acquiesça de plusieurs petits hochements de tête, une main devant la bouche.)

— Nous ne voudrions pas commettre d'erreur et vous serions donc extrêmement reconnaissants si vous pouviez les examiner. A condition que cela ne vous dérange pas, bien sûr, car j'imagine que certaines choses éveilleront en vous des souvenirs de votre mari. Nous ne tenons pas à vous mettre dans l'embarras, aussi n'hésitez pas, prenez tout votre temps. (Chikako désigna l'interphone dans le coin de la pièce.) Au moindre problème, vous appelez le 221. On peut me joindre directement à ce numéro. Et si je ne peux pas me libérer, je vous envoie l'agent Fuchigami.

— Entendu.

— Est-ce que je vous fais porter une boisson fraîche ?

— Non, merci. Ça ira. (Harue avait les larmes aux yeux.) Pardonnez-moi.

— Je vous en prie, vous n'avez pas à vous excuser. Il se peut que des objets aient été un peu salis au cours de l'expertise, bien que nous les ayons manipulés avec le plus grand soin... Et puis, sachez que si tous les vêtements ne se trouvent pas là, c'est que nous souhaitons en garder quelques-uns pour l'instant, à titre de preuves.

— Oui, oui. Je comprends.

Harue ouvrit son petit sac à main, en sortit un mouchoir et s'essuya les yeux. C'était un mouchoir décoloré par les nombreux lavages, mais encore efficace pour sécher les larmes.

— Inspecteur Ishizu…

Ainsi interpellée sur ce ton suppliant, Chikako s'assit délicatement près de Harue.

— Oui ?

— Ma fille… Kazumi, vous croyez qu'elle pourra vraiment identifier l'assassin ? La police va interpeller les suspects maintenant, c'est bien ça ? A la télévision, les gens racontent qu'on soupçonne une camarade de Mlle Imai, mais ce n'est pas la vérité, n'est-ce pas ? Et c'est pourquoi vous avez besoin du témoignage de Kazumi ? Combien de personnes seront là ? Qu'est-ce qui va leur arriver si Kazumi ne peut en identifier aucune ?

Chikako lui adressa un petit sourire.

— Il est certain que nous comptons sur le témoignage de votre fille. Mais si cette tentative d'identification ne donne rien aujourd'hui, nous ne mettrons pas pour autant un terme à notre enquête, soyez-en sûre. Ne vous inquiétez pas.

— Kazumi ne va pas être confrontée aux personnes interpellées, vous me l'assurez ? Elle ne risque pas de représailles ?

— Certainement pas, c'est sans danger, je vous en réponds. On ne pourra pas la voir depuis la salle d'interrogatoire. Elle est sous bonne garde avec nous.

Harue serra son mouchoir dans la main.

— Je n'ai lu aucun article dans la presse écrite disant que Kazumi avait vu l'assassin. Et je ne l'ai pas entendu non plus au journal télévisé, ni nulle part.

— C'est normal, puisque nous n'avons pas divulgué cette information. Kazumi est en sécurité, dit d'une traite Chikako, avant de tapoter légèrement le bras de Harue. D'autre part, rien ne permet d'affirmer que la personne aperçue par votre fille est réellement l'assassin. Nous voulons simplement en savoir le plus possible sur les personnes ayant été en contact avec votre mari avant sa mort. C'est ce qui nous a conduits à demander l'aide de Kazumi.

Harue porta un regard distrait sur le tas d'affaires à examiner devant elle, puis souffla tout bas :

— Elle est dans une colère noire.

— Qui ça ? Kazumi… ?

— Oui. Elle est en rage contre l'assassin qui a tué son père. Elle lui en veut terriblement.

Harue secoua la tête, et ajouta promptement :

— Moi aussi, bien sûr, je trouve que ce qu'il a fait est abominable. Mais, voyez-vous, je suis encore… tellement malheureuse… Je n'arrive pas à réaliser que mon mari n'est plus là, c'est trop soudain, quel choc… Je ne sais plus où j'en suis, je ne suis pas assez forte, j'imagine, mais pour le moment, je suis bien incapable d'éprouver de la colère contre l'assassin.

— Votre réaction est tout à fait naturelle, lui répondit doucement Chikako. A votre place, je me demande si je ne réagirais pas comme vous.

— Vous, une femme policier !

— Mais nous sommes des êtres humains comme les autres ! Sachez que vous n'êtes nullement une faible femme.

Une larme coula sur la joue de Harue et tomba sur sa main.

— Kazumi est forte.

— Oui, elle m'a l'air très solide.

— Elle est bien plus forte que moi mentalement. Mon mari était comme ça, elle tient de lui, c'est certain. Et si elle se montre dure et blessante avec moi, c'est parce qu'elle me trouve exaspérante et bonne à rien, je le sais bien, je passe mon temps à pleurer, à m'affoler pour un oui ou pour un non.

Harue n'avait probablement personne dans son entourage avec qui elle pouvait se laisser aller ainsi à la confidence. Chikako décida de rester et de l'écouter. Attentivement.

— Elle jure qu'elle trouvera l'assassin et qu'ensuite elle ne le lâchera plus.

— Vraiment ?

— Elle a dit aussi : *Je vais me venger, je tuerai s'il le faut !*

— Elle vous l'a dit à vous ?

— Non, pas à moi directement, elle n'aurait jamais employé ces mots-là. Je l'ai entendue parler au téléphone avec un ami – son petit ami en fait –, elle m'avait l'air plutôt excitée en disant ces choses-là. Elle utilisait son portable. On peut appeler de n'importe où, vous comprenez, alors j'ai surpris ses paroles par hasard.

— Ça s'est passé quand ?

— Il y a quelques jours. A la maison.

— Et son petit ami s'appelle ?

Le nom et le visage de l'intéressé étaient revenus immédiatement à l'esprit de Chikako, mais elle fit semblant d'avoir oublié.

— Ishiguro Tatsuya… Elle a connu ce garçon par l'intermédiaire d'une camarade de classe. Oh, je crains d'être inexacte en le traitant de garçon, il est plus âgé que ma fille. Il a dans les vingt ans.

— Kazumi ne m'a pas parlé de lui, mais l'agent Fuchigami semble au courant. Ce petit couple s'entend à merveille, on dirait, fit remarquer Chikako tout sourire. Les jeunes d'aujourd'hui appellent cet amour-là un *lovelove*, ils sont fous l'un de l'autre, n'est-ce pas ?

Les yeux rouges, Harue émit un petit rire discret.

— Je ne l'ai rencontré qu'une fois ou deux, comme il passait la chercher à la maison.

Chikako la laissa poursuivre sans intervenir.

— J'ai l'impression que Kazumi lui raconte tout. Elle ne m'a jamais dit un mot sur ce qui était arrivé à son père, mais ce n'est pas le cas avec son petit ami. Ce matin encore, elle lui a parlé au téléphone jusqu'à ce que nous sortions. Elle se monte la tête. Elle est déterminée à trouver l'assassin par ses propres moyens.

Chikako dit calmement :

— Nous devons veiller à ce que Kazumi ne s'emporte pas trop. Cela rendrait les choses très difficiles pour elle.

— Elle ne se fie pas à moi, reprit Harue sur un ton monocorde. Mais quoi de plus normal. Je ne suis pas aussi forte qu'elle.

Harue se tut. Chikako partagea son silence, et en signe de soutien, tendit la main vers cette femme visiblement si triste, si seule.

C'est tout ce qu'elle avait à offrir à cet être blessé, effrayé, accablé. Chikako était frustrée, irritée même de ne pouvoir faire plus. Mais sa longue expérience en tant qu'officier de police lui avait appris qu'il était indispensable de développer constance, obstination, et de persévérer dans cette voie pour aider les gens. Ce qui ne résolvait pas tout, malheureusement. Une autre qualité était nécessaire, davantage encore que les précédentes : la patience. Pour supporter son sentiment d'impuissance lorsqu'il est impossible de venir en aide à quelqu'un, jusqu'au bout, et de lui être vraiment utile.

Après une pause, Harue s'excusa de nouveau :

— J'en ai trop dit, veuillez me pardonner de m'être laissée aller.

— Non, non, je vous en prie.

Chikako se leva.

— Vous allez mieux maintenant ?

— Oui, merci. Je suis désolée.

— S'il vous est trop pénible de regarder toutes ces affaires aujourd'hui, n'hésitez pas à m'appeler.

— Entendu, mais je me sens bien à présent.

Harue s'essuya les yeux, pressa légèrement le mouchoir sur son nez, et se redressa sur sa chaise. Puis elle avança la main vers les effets personnels de son défunt mari posés sur la table.

— Je vous ramène Kazumi dès qu'elle a fini, ne vous inquiétez pas.

Sur ces mots, Chikako sortit. En passant devant le bureau de la Circulation, elle demanda à une employée d'apporter un café d'ici une demi-heure dans la pièce du fond. Puis elle monta au premier étage.

Les époux Tokoroda s'étaient connus au travail, avait-elle appris. Ils devaient former un couple bien assorti. Jeune, la douce et gentille Harue était probablement le genre de fille mignonne, innocente, que les hommes veulent spontanément protéger. Etait-ce cela qui avait attiré Tokoroda Ryôsuke ?

Et lui, que pensait-il réellement de son épouse ? Etait-il obsédé par les jeunes filles et le désir de leur plaire au point d'avoir écarté Harue de son esprit ? Serait-elle devenue en quelque sorte une femme *de seconde main* ? De la même façon que

Tokoroda Ryôsuke cherchait à céder sa vieille maison pour en acquérir une nouvelle, aurait-il échangé son épouse si cela avait été aussi facile ?

Cette idée déprima Chikako. Elle redressa les épaules d'un coup pour s'efforcer de retrouver son énergie.

Au départ, cette affaire d'homicide de Tokoroda Ryôsuke ne devait pas concerner Ishizu Chikako. Elle n'avait pas le grade voulu au sein de la circonscription administrative de Suginami.

Il n'y avait rien d'exceptionnel au fait d'être muté du DPM (Département de la police métropolitaine de Tôkyô) vers un commissariat. Cela pouvait se produire pour toutes sortes de raisons. Pourtant, il était clair aux yeux de tous que, dans le cas de Chikako, cette mutation signifiait une rétrogradation. Au lieu d'aller directement à Suginami, elle avait d'abord passé une année aux affaires criminelles de la circonscription de Marunouchi, à classer des dossiers principalement. Puis elle avait été transférée dans celle de Suginami, officiellement aux affaires criminelles, mais en fait on la traitait comme un policier de réserve, et là encore, elle classait, rangeait les dossiers et servait de liaison pour toute la durée des investigations. En résumé, elle restait auprès du téléphone.

L'affaire sur laquelle Chikako avait travaillé quatre ans plus tôt en tant que membre de la brigade de lutte contre les incendies criminels au DPM [1], était on ne peut plus complexe et avait coûté nombre de vies humaines. Chikako s'était donnée à fond pour la résoudre, mais elle avait agi hors du cadre réglementé de la hiérarchie, ce qui avait provoqué sa rétrogradation.

Contrairement aux craintes de son entourage, Chikako n'avait pas montré d'indignation ni riposté contre cette mesure disciplinaire. Elle s'était attaquée de front à une affaire criminelle et un phénomène proprement extraordinaires, et au lieu de se dire que cela dépassait l'entendement, elle avait senti tout naturellement que ces événements n'étaient pas en phase avec le monde réel. Ce cas ne rentrait absolument pas dans le champ de compréhension classique et inébranlable – pour le meilleur et pour le pire – des forces de police. Rien n'était plus souhaitable, de son propre aveu, que d'être détachée temporairement du DPM, afin de s'éloigner un temps des zones d'ombre du système policier entraperçues par l'intermédiaire de cette affaire, et d'éviter d'y succomber elle-même.

Mais avec de tels antécédents, Chikako était une brebis galeuse au commissariat de Suginami, sorte de parasite impossible à intégrer dans le groupe de tête. Par conséquent, imaginez sa stupéfaction quand, tout juste nommée au sein de la cellule d'enquête, on l'avait convoquée d'urgence

1. Voir *Crossfire*, Editions Philippe Picquier.

au bout de trois jours pour lui donner l'ordre de participer à la surveillance de la maison des Tokoroda. En comparaison, bien moindre fut sa surprise en recevant aussi soudainement l'ordre, quelques jours plus tôt, de prendre part à l'*interrogatoire* d'aujourd'hui.

— Nous avons besoin d'une présence féminine, lui expliqua son supérieur, sur le ton du voisin qui demande à une ménagère du quartier d'apporter son aide aux funérailles d'un défunt.

Oh ! A quoi bon se vexer à chacune de ces injonctions vu que, dans le fond, elle n'était pas contre l'idée d'assurer la sécurité de l'épouse Tokoroda et de sa fille, inquiètes de se retrouver seules après la perte de leur soutien de famille. Chikako s'empressa d'accepter, et on la présenta à l'agent Fuchigami qui ferait équipe avec elle.

A ce stade, trois jours après le meurtre de Tokoroda Ryôsuke, la vérité commençait déjà à émerger : il existait un lien personnel entre la victime et Imai Naoko, tuée à Shibuya. Faut-il préciser que l'existence possible d'un meurtrier en série avait mis en émoi tout le quartier général...

Mais la décision de protéger la maison des Tokoroda ne découlait pas directement de l'enquête policière, cette mesure avait été prise à la suite d'un souhait émis par Kazumi.

Le fait est que la jeune fille avait déposé une main courante pour harcèlement et plaisanteries scabreuses au téléphone depuis plusieurs mois ; de plus, on l'avait suivie sur son trajet de la maison à l'école. La voix au téléphone semblait appartenir à un homme jeune, et pour autant qu'elle puisse en juger, l'individu qui la filait dans la rue n'avait pas plus de vingt ans. S'agissait-il de la même personne ?

— J'avais parlé de ce problème à mon père, raconta-t-elle. Papa était tellement inquiet qu'il m'accompagnait parfois le matin jusqu'à la gare. Ensemble, nous n'avons jamais été suivis, mais plus tard, j'ai reçu un appel téléphonique me prévenant que si je me croyais en sécurité sous prétexte que mon père m'escortait, je faisais une grave erreur.

L'avertissement était lourd de menaces. Pourtant, il ne s'était rien passé pendant une quinzaine de jours et Kazumi commençait à oublier cette histoire. Mais quand son père avait été victime de cet acte atroce, l'angoisse l'avait à nouveau assaillie.

— Je me suis demandé si ce n'était pas ce type qui avait fait ça à mon père…

Elle ne voyait vraiment pas qui pouvait vouloir la harceler… jusqu'à commettre un meurtre ?

— Mon petit ami et moi, on s'entend parfaitement, et les garçons que j'ai connus avant ou avec qui je suis sortie en groupe pour m'amuser ne m'ont jamais ennuyée. Donc, je crains que ce soit un truc gratuit. De quelqu'un que je ne connais absolument pas, qui vit dans son monde imaginaire. Mais j'ai pensé aussi : *Et si tout ça avait un rapport avec l'assassinat de mon père, qu'est-ce que je fais ?*

Les enquêteurs avaient la ferme conviction que le meurtre de Tokoroda Ryôsuke n'était pas une affaire individuelle, d'où leur difficulté à accepter le scénario selon lequel le harceleur qui guettait Kazumi avait éliminé le père, au motif que sa fille l'avait mis au courant de ses inquiétudes et qu'il avait pris des mesures pour la protéger. Mais aucune piste n'étant invraisemblable – dans les jours qui suivent un meurtre, toutes méritent d'être explorées –, il fut décidé d'assurer la sécurité de la mère et de la fille en plaçant leur maison sous surveillance. C'est ce qui avait motivé l'idée de faire appel à une collaboration féminine.

La première fois que Chikako rencontra Kazumi, elle lui parut terrifiée. Au point que sa frayeur semblait l'emporter sur sa colère et la dominer complètement.

Question d'âge probablement, Chikako rompit rapidement la glace avec Tokoroda Harue tandis que l'agent Fuchigami gagnait la sympathie de Kazumi. Certes, elles se trouvaient là pour veiller sur les deux femmes et leurs biens, mais rien à voir avec l'imposant dispositif de protection d'un témoin à charge. Fuchigami allait et venait en tenue civile dans la maison Tokoroda, accompagnant parfois Kazumi qui partait faire des emplettes ou ce genre de sortie, et pour peu que la jeune fille lui demande de rester la nuit, elle dormait sur un futon étalé par terre dans sa chambre comme une amie intime. Bref, l'ambiance générale était à la décontraction.

Lors de la fusion des deux équipes d'investigation, Chikako et l'agent Fuchigami étaient en fonction chez les Tokoroda. Une semaine plus tard intervint la décision de réduire ce dispositif et de limiter la surveillance à des passages réguliers de la police locale.

Un choix fait en réalité à la demande des femmes Tokoroda qui ne jugeaient plus nécessaire une protection spéciale. Certes, le capitaine Shimojima, commandant en chef des opérations, aurait préféré que cette surveillance se prolonge. Par précaution. Mais Kazumi, visiblement déprimée, admettait progressivement la possibilité d'avoir été victime de son imagination à propos de son histoire de harceleur. Effectivement, pas le moindre appel téléphonique inquiétant n'était venu troubler la vigilance des policières, et ni Kazumi ni l'agent Fuchigami n'avaient noté la présence d'un personnage suspect. Tout était resté calme.

On pouvait bien sûr émettre l'hypothèse suivante : l'individu s'était abstenu d'aborder la jeune fille, la sachant sous bonne garde. Mais ces derniers temps, l'attention des enquêteurs s'était concentrée sur la petite A, et personne ne considérait plus comme sérieuse la piste du harceleur. Supposons un instant que le crime ait été commis par l'individu ayant pour cible Kazumi : jusqu'à ce que survienne le meurtre de Tokoroda Ryôsuke, ce personnage était resté si discret que même Kazumi avait *commencé à l'oublier* – selon ses propres termes –, et voilà qu'il serait soudain passé à l'acte en tuant son père, tout à coup, sans s'être attaqué à Kazumi. Curieux, non ? La petite A était nettement plus louche.

Tokoroda Harue n'avait pas voulu contredire sa fille sur la nécessité d'une protection policière, mais l'idée de se retrouver seules brusquement l'avait rendue anxieuse. Pourrait-elle au moins prendre conseil ? demanda-t-elle à Chikako. Laquelle, naturellement, lui recommanda de ne pas hésiter à la contacter. Après cela, Chikako l'appela tous les jours au téléphone, et elle passait régulièrement chez les Tokoroda, s'efforçant de s'entretenir ne fût-ce qu'un petit moment avec Harue. Son exclusion du groupe de tête au début des investigations lui permettait ce genre d'attentions. Ça ne serait pas mal, songeait-elle, de s'incruster plus longuement dans la maison. Dommage qu'une telle démarche ne fût guère reconnue au sein de la police. Elle pourrait se révéler fructueuse, autant que l'enquête elle-même.

— Je ne m'inquiète plus du tout à propos de cette histoire de harceleur, dit Kazumi. J'ai dû me faire des idées.

Après cette déclaration, les angoisses de la jeune fille s'estompèrent, au profit d'une colère plus librement exprimée. *Elle est persuadée de la culpabilité de la petite A, ce qui expliquerait son changement d'attitude*, estima Chikako. *Probable que la fille a eu toutes les peines du monde à accepter l'idée que son père avait une liaison illicite avec une jeunette de son âge ou presque, et à en déduire qu'il a peut-être été assassiné à cause de cette relation. Malgré cela, elle a vraisemblablement décidé d'être stoïque et de patienter jusqu'à l'arrestation de la petite A.*

Mais Kazumi ne tarda pas à témoigner d'un fait nouveau : au cours des six derniers mois, et à plusieurs reprises, elle avait aperçu son père en ville, en compagnie de gens qu'elle ne connaissait pas.

— Un dimanche à la gare, je l'ai vu sur le quai d'en face avec quelqu'un. Un autre jour, il avait arrêté sa voiture sur le parking du supermarché où ma mère va souvent faire ses courses ; il était assis au volant et je l'ai vu parler avec un inconnu par la fenêtre. Puis, par deux fois, on l'a demandé au téléphone, et dès que j'ai répondu qu'il n'était pas là, ça a raccroché. Après le premier ou le deuxième appel – je ne me souviens plus bien –, j'ai reposé le combiné et regardé distraitement dans la rue : là, près de notre haie, j'ai aperçu quelqu'un qui traînait. Sur le moment, je n'ai pas accordé beaucoup d'importance à tous ces détails. J'imaginais que mon père avait croisé une connaissance sur le quai par hasard, ou qu'on lui demandait son chemin, quelque chose comme ça. Les coups de téléphone étaient plutôt bizarres, mais il ne s'est rien passé de spécial ensuite, alors... Je les ai tout de suite oubliés, je crois même ne pas en avoir parlé à mes parents.

Comme par un heureux concours de circonstances, l'équipe d'investigation enregistrait cette nouvelle déposition de Kazumi au moment précis où l'examen du disque dur de l'ordinateur portable de son père révélait qu'en dehors de ses relations de travail et familiales, Tokoroda Ryôsuke avait un groupe d'amis sur le Net.

L'ordinateur avait conservé un dossier instructif sur l'activité du père de famille dans le cyberespace. Il surfait sur le Net de manière anodine, et ses échanges dans le cadre de son courrier électronique, collègues de bureau inclus, étaient banals et inoffensifs. Manifestement, il n'avait jamais correspondu par e-mail avec Imai Naoko, dont le nom n'apparaissait pas. Aux dires de ses proches, elle ne s'intéressait d'ailleurs pas aux ordinateurs et pour communiquer, elle utilisait surtout son mobile.

L'équipe des enquêteurs s'attendait à ce que Tokoroda Ryôsuke visite à haute dose les sites de rencontres en quête de jeunes filles, mais non, aucune trace de ce genre. Ce qu'ils découvrirent était complètement inattendu : Tokoroda Ryôsuke s'était créé une *famille* de substitution sur le Net !

Une femme, une fille, un fils. Quatre personnes en tout avec lui. *Papa, maman, Kazumi, Minoru* qui ne cessaient de s'envoyer des messages et de chatter en ligne. Contacts qui ne se limitaient pas au monde virtuel, puisque les quatre protagonistes s'étaient rencontrés au moins une fois. Tokoroda avait en effet adressé un mail à *Kazumi* lui confiant son envie de la revoir.

Il apparut vite que le nom de *maman* ne correspondait pas à Harue, que la *Kazumi* n'était pas Tokoroda Kazumi. Les deux femmes affirmèrent d'une seule voix qu'elles ignoraient tout du rôle de *papa* tenu par Ryôsuke. Harue ne comprenait rien à Internet, et restait hermétique aux explications des enquêteurs.

— J'imagine qu'il n'était pas heureux avec ma mère et moi. Et nous non plus avec lui, reconnut Kazumi, avant de continuer méchamment : C'était pour nous fuir qu'il jouait au papa et à la maman avec de parfaits étrangers, j'en suis sûre. Mais qu'est-ce qu'il croyait !

Sa colère était compréhensible. Chikako regretta du fond du cœur la disparition de Tokoroda Ryôsuke. Vivant, il aurait dû affronter le courroux de sa fille. Il était rare, en tout cas, que la mort d'une personne permette de révéler ainsi au grand jour, et de façon aussi flagrante, les aspects cachés d'une vie.

— Maintenant, je veux que vous attrapiez l'assassin ! Ce serait la petite A dont on parle tant ? Si oui, laissez-moi la voir ! s'écria Kazumi.

Chikako la calma, lui disant qu'ils ne savaient pas encore. Les yeux de la jeune fille lancèrent un éclair de défi et ses poings se serrèrent tandis qu'elle parlait :

— Bon, dès que vous êtes certains d'avoir trouvé celui ou celle qui l'a tué, vous me laissez le rencontrer, d'accord ? Je veux l'interroger, lui demander : *Pourquoi tu as tué papa ? Qu'est-ce qui t'a poussé à le tuer ? Qu'est-ce qu'il avait fait ?* J'ai le droit de le savoir, non ? Depuis que mon père a été assassiné, on nous apprend ces horribles choses qu'on n'aurait jamais connues de son vivant, c'est la honte, ça fait mal. C'est dégoûtant !

Plainte légitime. Rage justifiée. Chikako souhaitait réellement que Kazumi obtienne des réponses à ses interrogations. Encore fallait-il arrêter le meurtrier.

Certes, Chikako n'ignorait pas que l'équipe d'enquêteurs au grand complet poursuivait avec acharnement la petite A, déterminée à l'acculer à des aveux. N'avaient-ils aucun doute, n'éprouvaient-ils aucune inquiétude à ce sujet ? Empruntaient-ils la bonne voie ? Le véritable mobile et l'assassin ne se dissimulaient-ils pas ailleurs, dans les replis de la vie secrète de Tokoroda Ryôsuke ? N'était-ce pas une erreur de négliger cette piste-là ?

Etait-il judicieux de ne pas tenir compte des déclarations de Kazumi à propos d'inconnus aperçus en compagnie de son père ? Pourquoi se focaliser sur la seule petite A, et ne pas enquêter sur les autres ?

L'esprit tourmenté par ces questions, Chikako avait alors reçu l'ordre de participer à cet *interrogatoire*. Et puis, elle avait appris qu'un groupe d'enquêteurs, bien que minoritaire, issu de la fusion des deux équipes, abondait dans son sens. A l'écoute de leurs points de vue, elle avait compris qu'ils allaient bien au-delà de ses propres suppositions et souhaitaient élargir encore le champ des investigations.

Voilà pourquoi elle se trouvait ici aujourd'hui.

En découvrant que son ancien collègue Takegami Etsurô était le responsable du bureau, Chikako avait été prise au dépourvu, mais pas étonnée outre mesure de le voir remplacer au pied levé l'inspecteur Nakamoto dans la conduite de cet interrogatoire. Cela correspondait bien à Takegami. C'était dans son tempérament.

L'enquêteur Akizu semblait se méprendre sur la nature de leurs relations passées : non seulement Takegami et elle n'avaient jamais été intimes sur le plan privé, mais en plus, l'idée que l'inspecteur lui vouait une véritable adoration était complètement absurde ! Elle avait trois ans de plus que lui, et lors de leur première rencontre, ils étaient déjà mariés chacun de leur côté. Il n'avait jamais été question d'idylle entre eux sous prétexte qu'ils s'entendaient bien au travail et se sentaient solidaires. Par la suite, ils avaient pris des chemins très différents. Mais Chikako constatait avec plaisir que Takegami était resté le même, et elle nourrissait l'espoir de ne pas paraître trop changée aux yeux de ce policier simple et honnête.

Une pensée la saisit : où se situait la vérité entre l'*être* et le *paraître* ? Qu'est-ce qui avait été vrai, et faux, chez Tokoroda Ryôsuke ? Aurait-il compris la colère de sa fille ?

Kazumi était effectivement en état de rage permanente, comme l'avait dit sa mère. Le visage de la jeune fille submergé par ce flot de colère avait profondément marqué Chikako tout à l'heure. Outre la fougue de sa jeunesse, qu'est-ce qui justifiait une telle réaction ? L'interrogatoire de cet après-midi allait peut-être permettre d'élucider cette question.

6

C'était le premier entretien de Takegami avec Tokoroda Kazumi. Il avait classé les nombreux comptes rendus de ses déclarations et les avait parcourus longuement, mais sans jamais l'avoir regardée… droit dans les yeux.

Il la savait brillante élève, et lui trouva en effet l'air intelligent. Visiblement tendue, elle le salua sèchement. De son côté, il n'était pas d'humeur à jouer le rôle du *gentil monsieur aimable.* D'ailleurs, il comprenait que cette jeune fille avisée n'attendait pas de lui réconfort ou sollicitude, mais qu'il mène rondement l'enquête, en professionnel efficace. C'est donc l'attitude qu'il adopta.

— Je vais appeler trois personnes dans cette salle d'interrogatoire et les questionner chacune à leur tour.

Kazumi inclina la tête en silence.

— Tous les trois ont échangé des mails avec votre père. Je ne vous donne pas leur nom ni leur âge, et ne vous dirai pas non plus d'où ils viennent, qui ils sont, ni quel genre de relations ils entretenaient avec votre père. Toutes ces informations nous viendront naturellement, en les entendant parler. (Le visage de Takegami s'adoucit un peu.) Et puis, cela va de soi, ne vous en tenez pas à leurs déclarations, observez plutôt leur comportement, leur façon de parler, écoutez le son de leur voix. C'est dans ce but que nous vous avons convoquée ici. En bref, évitez autant que possible de vous laisser distraire par les questions que je leur pose et les réponses qu'ils me font.

Kazumi inclina la tête, encore une fois sans un mot. Takegami avait envie de savoir si elle était de celles qui répondent *ouais !* ou bien de celles qui prononcent un *oui* poli.

— Je vous sens tendue. Tout va bien ?

Elle baissa les yeux et fit le geste de s'éventer.

— On étouffe ici.

— Je vais demander de mettre l'air conditionné.

Tokunaga se leva et sortit. Kazumi regarda la porte se refermer, puis lâcha d'un ton froid et sentencieux :

— Merci de vous montrer plus précis, de ne pas me dire uniquement que ces gens ont échangé des mails avec mon père. En fait, il s'agit de *maman, Minoru* et *Kazumi*, n'est-ce pas ? Parlez-moi franchement.

Elle attendit la réponse, ses yeux plantés dans ceux de Takegami.

— C'est vrai. Je voulais éviter que vous ayez des idées préconçues, vous comprenez.

— Je ne suis pas si bête, lança-t-elle d'un ton cassant, puis soudain, elle détourna la tête : Je serai assise dans la pièce là-bas, c'est ça ?

— Oui, derrière cette glace sans tain. On ne peut donc pas vous voir d'ici.

Kazumi s'approcha de la glace et l'effleura de l'index.

— Je regarde les séries policières à la télé, alors je sais que vous utilisez des pièces comme celles-là pour l'identification des suspects.

— Oui, oui, c'est exact. Mais on va s'y prendre un peu différemment.

— Vous placez bien plusieurs personnes en ligne contre un mur ? Elle se tourna énergiquement vers lui : Et puis, vous leur demandez à tour de rôle de faire un pas en avant et de se mettre de profil. Vous ne faites pas comme ça ici ?

— Nous avons pensé que dans le cas présent, cette méthode risquait au contraire de vous perturber.

— Hein ?

Il la sentit prête à s'écrier de nouveau : « Je ne suis pas bête, vous savez ! »

— Il y a autre chose. On vous l'a déjà expliqué, et vous allez trouver que je me répète, mais permettez-moi d'insister : si vous parvenez à identifier l'une des trois personnes appelées aujourd'hui, cela ne signifie pas pour autant qu'on la considérera comme suspecte dans le meurtre de votre père. Par conséquent, vous n'avez pas besoin de rester sur la défensive.

— Mais je ne le suis pas.

Takegami sourit.

Kazumi approcha le visage de la glace sans tain, nez collé à la vitre.

— C'est vrai, on ne voit pas du tout à travers. On dirait une glace normale.

— N'est-ce pas ?

— Mais je suis sûre que les gens convoqués ici regardent comme moi des séries à la télé ou des films policiers au cinéma, alors ils peuvent se figurer des choses, non… ? Que je vois de mon côté, par exemple ?

— Ils peuvent se sentir observés, certes, mais ils ne pourront pas deviner que c'est vous.

Délaissant Takegami, Kazumi s'adressa à la jeune policière Fuchigami debout près de la porte.

— Vous savez, depuis hier, j'essaie par tous les moyens de me rafraîchir la mémoire.

Après un regard en direction de Takegami, l'agent Fuchigami répondit :

— Ah oui, et qu'est-ce que ça donne ?

La jeune fille fronça ses sourcils bien dessinés, l'air contrarié.

— Ça ne sert à rien, on dirait. Quand je suis sur le point de me remémorer un souvenir, au lieu de se préciser, il s'évapore.

— Eh oui, c'est comme ça, la rassura gentiment Fuchigami. Il vaudrait mieux attendre que tout cela te revienne naturellement.

— Si vous n'avez pas envie de continuer, on peut annuler, intervint Takegami.

La réaction de Kazumi fut immédiate :

— Non, non, je vais le faire. (Elle secoua énergiquement la tête et fit onduler ses cheveux lisses châtains.) Je peux le faire.

— Je vous remercie. Mais il ne faut pas vous forcer. N'hésitez pas à le dire dès que vous en avez assez.

— Ça ira, comptez sur moi. Mais à propos, inspecteur… (Son regard se raffermit.) Si je veux, mettons… que vous posiez telle question à quelqu'un ou qu'il fasse tel geste, je vous préviens comment ?

Takegami pencha légèrement la tête et lui montra son oreille droite.

— Vous voyez ça ? On dirait un appareil pour les malentendants, en réalité c'est une oreillette reliée à la pièce voisine. Si nécessaire, vous vous adressez à l'inspecteur Ishizu ou à l'agent Fuchigami qui me transmettront votre requête. Vous pourrez aussi entendre nos conversations grâce à un micro directionnel.

Comme rassurée, Kazumi sourit enfin. Elle demanda à se rendre aux toilettes avant de commencer la séance et sortit de la salle d'interrogatoire avec Fuchigami.

De retour dans la pièce, Tokunaga les croisa sur le seuil et les regarda s'éloigner.

— A ce propos, elle a quel âge cette fille ? s'informa-t-il, haussant quelque peu ses épais sourcils.

— Seize ans.

— Bientôt une adulte, dans ce cas. Son maquillage est impec. Mais son langage est trop direct, à mon goût.

— Si ce genre de choses t'étonne de nos jours, est-ce que tu seras à la hauteur ? Je me le demande.

— A la hauteur de quoi ? En tant que policier ? Ou comme célibataire ? interrogea Tokunaga, petit sourire moqueur aux lèvres.

— Tu es un vieux garçon, toi aussi ?

— Mais enfin, Gami, c'est un terme démodé !

— Je suis entouré d'hommes qui n'arrivent pas à se trouver une épouse. Ils s'en prennent, des gamelles !

— Eh ! C'est parce qu'on lorgne tous du côté de ta fille... Noriko, c'est son nom, pas vrai ? Le bruit court que c'est une jeune demoiselle tout à fait charmante.

— Qui dit ça ?

— Grand-Dadais surtout.

Takegami se laissa tomber sur sa chaise dans un grand éclat de rire.

— Akizu ? Peut-être bien que quelqu'un a des visées sur elle, mais Akizu, ça m'étonnerait ! Il est connu pour avoir des histoires agitées avec les femmes. Mais lui il préfère parler de *nanas difficiles* !

— C'est bien ce que je pensais.

Takegami se représenta le visage de sa fille. *Si ma Noriko devait afficher la même expression que Tokoroda Kazumi il y a un instant, à quoi ressemblerait-elle ? Si elle devait entrer dans une salle d'interrogatoire, ou bien se retrouver derrière une glace sans tain, comment se comporterait-elle ?*

— Je l'ai élevée du mieux que j'ai pu, murmura Takegami. Et maintenant, elle sort avec un policier.

Tokunaga siffla.

— Elle avait un petit ami dans son université, mais elle l'a plaqué pour l'autre. C'est tout récent.

— Pour nous, c'est juste une jeune fille au cœur gros comme ça. Qui aime un petit fonctionnaire de quartier payé avec un lance-pierres.

— J'ignore si c'est par compassion, mais je suis bien obligé de reconnaître que son ex était plus bel homme que le nouveau.

— On ne doit pas juger un homme sur les apparences. Une femme non plus, récita Tokunaga. Le soir, il peut se flatter d'avoir le teint fleuri, et le lendemain matin, n'être plus qu'un cadavre blafard… Par *teint fleuri*, je suggère qu'il a de beaux traits.

— Tokoroda Ryôsuke était bel homme.

— Et il trompait sa légitime. Tous ceux qui ont un physique avantageux ne sont pas forcément infidèles, mais beauté et fidélité ne riment pas bien ensemble. C'est le malheur assuré, non ?

Le terme archaïque de *légitime* fit sourire Takegami.

Après avoir eu connaissance de sa liaison avec Imai Naoko, l'équipe avait évidemment enquêté sur les rapports que Tokoroda Ryôsuke entretenait avec la gent féminine. Déjà perturbée par le décès de son mari, son épouse Harue avait dû subir une volée de questions pénibles. Etait-ce un enquêteur aguerri qui l'avait interrogée ? Ou bien la personnalité de cette femme soucieuse de bien faire avait-elle joué un rôle primordial ? Takegami n'aurait su le dire, mais le rapport final était un modèle de minutie. Absent lors de l'entretien, il ignorait comment Harue avait vécu cet interrogatoire. Mais à la seule lecture de ses réponses, il s'était senti solidaire de cette femme qui exprimait son opinion sans résistance psychologique apparente, bien qu'animée par le vague pressentiment de quelque chose d'insaisissable et d'inquiétant.

— Mon mari… c'est sûr, avait le cœur volage, avait répondu Harue. Au point qu'en vingt ans de mariage, il ne s'est pas écoulé une seule année sans que surgisse un problème avec une femme.

Il aimait les filles jeunes. Comme tous les hommes, je suppose, mais lui était doué également pour les séduire. Cela peut paraître bizarre d'entendre l'épouse tenir ces propos, mais cet homme avait le chic pour se faire facilement des petites amies. Au début, naturellement, j'étais en colère et je supportais très mal la situation. Une fois, je suis retournée chez mes parents avec Kazumi encore bébé dans les bras. Eh bien, ça l'a anéanti, il est venu me rechercher en reconnaissant que tout était de sa faute. Mais dès que l'ambiance s'est détendue, il a recommencé à courir les jupons.

Si je n'avais pas eu la chance d'avoir Kazumi aussitôt après mon mariage, je n'aurais peut-être pas été capable d'endurer tout ça. Mais, c'est vrai… à un moment, alors qu'il reprenait ses vieilles habitudes après seulement dix ans de mariage, j'ai réfléchi : comment se fait-il qu'un homme qui court ainsi après les filles revienne toujours chez lui, nuit après nuit ? Il n'a jamais quitté sa famille, ne nous a jamais négligées, Kazumi et moi. Je crois qu'aux yeux des gens qui n'en savaient pas plus sur son tempérament, mon mari passait pour un mari dévoué et un véritable papa poule. Parce que c'était quelqu'un de très gentil.

J'en suis arrivée à la conclusion que son infidélité était une forme de maladie. Du reste, il avait plein de petites amies, mais pas forcément des relations intimes avec toutes. Et pour la grande majorité – ça va vous sembler curieux –, il se conduisait en grand frère. En un mot, il adorait dorloter, et être dorloté par des jeunes filles. Il ne recherchait que ça, je suppose. Quand l'une d'elles lui demandait quelque chose et comptait sur lui, il ne pouvait pas refuser.

Il touchait un salaire plutôt correct à Orion Foods, sans pour cela avoir une bourse spécialement bien garnie. Mais il ne dépensait pas son argent à tort et à travers et Kazumi et moi ne manquions de rien. Je regrettais que Kazumi soit enfant unique, mais il disait que les enfants coûtent cher, qu'un seul était largement suffisant, et j'ai donc renoncé à en avoir un deuxième. De son point de vue, une bouche de plus à nourrir aurait diminué d'autant son argent de poche. Mais il gâtait Kazumi. Sa naissance l'avait comblé de joie, il disait qu'il avait toujours voulu être père d'une petite fille. Il n'y a pas si longtemps, on lui avait proposé d'écrire quelque chose dans le bulletin de l'entreprise, et il avait raconté qu'il rêvait de donner un jour le bras à sa fille lors de sa cérémonie de mariage.

Donc, peu importe le nombre de ses aventures, je ne crois pas que mon mari ait un jour songé à sacrifier sa famille. Peut-être qu'il pensait ne pas nous faire de mal, tant que sa double vie restait cachée. Mais comment pouvait-il croire que je ne voyais rien ? A cet égard, c'était quelqu'un de profondément inconscient. En tout état de cause, il n'imaginait pas une seconde ce que je pensais de lui.

Je ne peux rien vous dire sur Imai Naoko. C'était probablement l'une de ses petites amies. J'ignore quelle était leur relation, mais cela ne me surprendrait pas qu'ils aient été intimes pendant une période puis que, cette époque terminée, un rapport d'amitié ou un lien frère-sœur se soit installé entre eux. Je vous l'ai déjà expliqué, mon mari aimait ce genre de situation.

Le divorce ? Non, mon mari n'a jamais abordé cette question avec moi. Pas une seule fois. Personnellement, l'idée m'est venue à l'esprit, mais c'est du passé maintenant. Il y a une bonne dizaine d'années, j'ai coupé court à ce projet, en décrétant que son comportement était une forme de maladie. J'en ai conclu que je serais la seule perdante si je le quittais, cela ne m'apporterait rien de plus.

Même si j'en avais parlé avec mon mari en lui disant à quel point toutes ses infidélités me faisaient souffrir, ma question l'aurait déconcerté. Il aurait rétorqué que sa famille passait avant le reste. Ce qui était réellement le cas.

Je suis peut-être trop bonne, mais j'ai senti que je ne parviendrais pas à le détester, sans pouvoir me l'expliquer en fait. Il était comme un enfant, vous comprenez. Un petit garçon. Et moi, sa mère ou sa sœur aînée. Je trouvais que ce serait déjà bien si nous arrivions à coexister de la sorte. En prenant de l'âge, la vie nous aurait obligés à nous soutenir mutuellement en gardant les meilleures relations possibles, voilà tout.

Vous voulez savoir pour Kazumi ? A la puberté, elle s'est rendu compte des incartades de son père. Ça ou autre chose, de toute façon, à cette période, les adolescentes jugent leur père avec sévérité et finissent par se rebeller contre lui, n'est-ce pas ? A la maison, ils ne se parlaient pratiquement plus depuis un an ou deux. Mon mari s'évertuait à montrer qu'il s'intéressait à sa fille, mais elle n'en avait rien à faire. J'avais tendance à le plaindre pour les efforts qu'il déployait en vain, mais on récolte ce qu'on a semé, vous ne croyez pas ?

J'espérais au moins que la réaction de Kazumi l'inciterait à réfléchir sur sa conduite.

Bon, c'est vrai... dans ce sens, son aventure avec Imai Naoko était tout bonnement odieuse. Dire qu'il cherchait à sortir avec une jeunette, quand sa propre fille était justement en âge d'avoir ses premiers rendez-vous galants ! Mais il est fort possible que mon mari n'ait pas fait le rapprochement entre l'une et l'autre.

Kazumi est en partie fâchée contre moi aussi. Pour m'être laissée mener par le bout du nez, pour avoir autorisé mon mari à suivre son bon plaisir. Elle me criait parfois dessus en me reprochant ma passivité. Je lui expliquais que c'était ma vie, la vie de sa mère, qu'il existait des choses entre mari et femme qui la dépassaient à son âge. J'espérais que ma fille serait suffisamment intelligente pour savoir ce que je voulais dire par là... ou du moins y réfléchir, et essayer de comprendre.

Mais Kazumi me voit sûrement comme une mère pitoyable. Surtout maintenant, après ce qui est arrivé à mon mari, je m'affole pour tout, je me lamente sans cesse... Je dois l'horripiler.

A la lecture du compte rendu de ce long monologue de Harue, Nakamoto s'était montré admiratif, estimant qu'il y avait des épouses fort indulgentes.

— Mais bon, j'admets que ce genre d'accord conjugal peut exister. Un couple qui partage la même vision est sans doute heureux comme ça. Par contre, pour les gosses, c'est insupportable.

Takegami avait souligné que, pour sa part, il ne se fierait guère à une femme se définissant comme *trop bonne*.

Nakamoto avait éclaté de rire.

— Tu n'as pas tout à fait tort, Gami.

Interroger Kazumi sur le même sujet avait dû réclamer plus de doigté encore qu'avec Harue. Le compte rendu était bref.

— Ma mère vous a probablement déjà tout raconté, commençait-elle en préambule. Je savais moi aussi que mon père courait après les filles plus jeunes que lui. Je veux dire : c'était tellement évident ! Mais je ne sais rien sur cette Imai Naoko. Leur histoire était toute récente, n'est-ce pas ? Demandez à ma mère, elle vous confirmera que mon père était hyper agressif avec moi, on se disputait sans arrêt. Ces derniers temps, je m'arrangeais pour lui parler le moins possible. Dès que j'ouvrais la bouche, j'avais droit à des reproches : « Tu sors trop tard le soir, tu utilises trop ton téléphone portable... » Il critiquait ça, ça et ça chez mon copain Tatsuya, me traitait de fille ingrate, disait que je manquais de reconnaissance pour tout le mal qu'il se donnait à m'élever, ce genre de choses. Tatsuya m'a expliqué que mon père se sentait abandonné parce que je devenais adulte et autonome. Là, j'ai éprouvé un peu de pitié pour lui, et même pensé que je devrais me montrer un peu plus gentille, mais quand on se retrouvait ensemble, ça ne marchait jamais.

Je me disais que, dans quelque temps, une fois que j'aurais débuté dans la vie, je m'adoucirais peut-être vis-à-vis de mon père, mais impossible pour l'instant. Et plutôt que d'être toujours à couteaux tirés, j'ai choisi de jouer l'indifférence et de le tenir à distance. C'est l'attitude que j'ai adoptée tout au long de l'année. Je savais qu'il était très occupé au bureau et travaillait dur, alors moi, je n'avais pas envie de créer d'embrouilles à la maison.

Quand on l'interrogea, Tokoroda Harue confirma qu'entre le père et la fille, c'était la guerre froide.

Au moment de son audition, Kazumi était encore terrifiée par son présumé harceleur, et on lui avait attribué un garde du corps. Dans son rapport, l'enquêteur avait noté que, sous la pression des événements, la faculté du jugement de Kazumi était peut-être affectée et qu'il serait bon de l'entendre une deuxième fois, après avoir tiré au clair cette affaire de harcèlement. Takegami appréciait cette preuve de discernement.

Finalement, la piste du harceleur s'était effilochée et presque simultanément les enquêteurs avaient mis au jour l'existence de la *famille* de Tokoroda Ryôsuke dans le cyberespace. A cette occasion, Harue et Kazumi avaient à nouveau été entendues. Selon l'épouse, qui n'y connaissait rien, ou si peu, en ordinateur et à Internet, les fréquentations de son mari avec une famille virtuelle étaient un échantillon de sa personnalité, symptomatique de son besoin relationnel.

— Les employés sous ses ordres m'ont révélé que les jeunes femmes l'appelaient *papa* ou *grand frère*. Sûrement une plaisanterie entre collègues. Mais si ces surnoms déplaisaient à mon mari, on ne m'en aurait pas parlé, vous ne croyez pas ? Il était aimé du personnel. Non seulement des femmes, mais des hommes aussi. Ils ont été très nombreux à se déplacer pour assister à ses funérailles. Peut-être était-ce son côté attentionné qui lui valait le surnom de *papa*, et qui l'avait incité à garder ce pseudonyme sur Internet où ses correspondants étaient des jeunes gens. Mais cela me semble excessif de parler d'une famille de substitution.

Contrairement à sa mère, Kazumi réagit violemment. Que son père soit infidèle, on n'y pouvait rien ! A quoi bon se mettre en colère ? Mais qu'en plus, il se soit créé une famille imaginaire, alors là, non, ce n'était pas pardonnable !

— Je ne sais plus quoi penser. Ça me met en rage. Il avait sûrement des choses à nous reprocher, mais nous aussi, ma mère et moi, on n'en manquait pas. Est-ce qu'il a réfléchi une seconde à ce qu'on ressentirait en apprenant qu'il faisait un truc pareil en cachette ? Et par-dessus le marché, l'un de ses contacts sur le Web aurait le même prénom que moi ! Peu importe que ce soit son vrai nom ou juste un pseudo, ça ne change rien ! Trouvez ces gens ! Ce sont peut-être eux les criminels, non ? En tout cas, dépêchez-vous de découvrir qui est le ou les assassins ! Je veux savoir qui a tué mon père, et pourquoi. Et je veux savoir ce qu'il pouvait bien leur raconter.

Après cette explosion de fureur, Kazumi commença à raconter qu'elle avait aperçu son père en compagnie d'inconnus à des endroits différents. Témoignage qu'elle n'avait jamais fourni auparavant.

Nakamoto avait alors suggéré que sa colère empêchait la jeune fille de faire la part des choses entre son imagination et ce qu'elle avait réellement vu ou entendu.

— Kazumi crie haut et fort qu'elle ne pardonnera jamais à l'assassin, mais j'ai plutôt l'impression que c'est à son paternel qu'elle en veut. Quoi qu'il en soit, c'est une vraie girouette, ses propos varient à chaque nouvel interrogatoire. Ses prochaines déclarations sont à prendre avec des pincettes.

Takegami partageait cet avis tandis que la conviction de Nakamoto s'était affermie au fil des jours.

— Tu sais, Gami, je n'arrive absolument pas à croire que l'autre piste est la bonne. Je ne peux pas concevoir que la petite A soit l'assassin.

Le chuchotement de Chikako Ishizu parvint dans l'oreillette de Takegami :

— Nous sommes en place. Kazumi s'est assise. On commence quand vous voulez.

Takegami lança un coup d'œil à la glace sans tain.

Impossible de distinguer le visage des deux femmes, naturellement. Seul le sien s'y reflétait, prêt à lancer les questions.

Croisant le regard de Takegami, Tokunaga hocha la tête en signe de confirmation. Il saisit le combiné de la ligne interne.

— Très bien, faites venir la première personne.

De : Maman
A : Kazumi
Objet : Urgent

Tu sais ce qui est arrivé à papa ? Je veux te voir de toute urgence.

De : Maman
A : Minoru
Objet : Urgent

Il est arrivé quelque chose d'affreux à papa.
Il faut qu'on se voie tout de suite.

De : Kazumi
A : Maman
Objet : Dis-moi !

Tu l'as tué ?

7

Un garçon maigre entra dans la pièce. Tee-shirt blanc fripé recouvrant des épaules saillantes, jean tout aussi délavé. Seules ses baskets bleu et jaune flambant neuves contrastaient avec son accoutrement. Ses semelles en caoutchouc crissaient sur le sol.

Takegami se leva pour l'accueillir et l'invita à s'asseoir sur la chaise en face de lui. Mais le garçon suivit des yeux le policier en uniforme qui l'avait amené ici, le regarda ressortir, refermer la porte, sans daigner se retourner vers l'inspecteur.

— Je t'en prie, assieds-toi, répéta Takegami, consterné de se sentir affreusement nerveux.

Le garçon restait figé. Il se contenta de pivoter légèrement la tête pour jeter un œil vers lui. Son regard se posa ensuite sur Tokunaga, avant de se fixer successivement sur le dessus du bureau au centre de la pièce, sur la fenêtre, le miroir encastré dans le mur, le téléphone, et au final la porte d'entrée.

Si l'on traçait des lignes reliant chacun des éléments qui avaient retenu son attention, elles formeraient peut-être une constellation ayant une quelconque signification. A priori, un inspecteur doté d'une grande expérience de l'interrogatoire serait en mesure de l'identifier. Mais Takegami ne s'intéressait plus à l'observation des étoiles depuis longtemps. Il avait oublié le nom de toutes celles qu'il avait pu connaître.

— Allez, c'est bon, assieds-toi !

Etait-ce à cause de ses efforts pour se détendre qu'il se laissait aller à tant de familiarité avec ce garçon ? Il eut peur que ce changement de ton impromptu accentue au contraire la tension ambiante. *Non, non, c'est pas bon, ça.*

Enfin, le jeune homme prit la peine de se tourner face à lui et, d'une voix étonnamment forte, il demanda :

— On est dans une salle d'interrogatoire, hein ?

Takegami lui adressa un sourire.

— Oui, tu as raison. Mais le policier qui t'a conduit jusqu'ici te l'a sûrement expliqué en chemin : il n'est pas question de te faire subir un interrogatoire. Nous recherchons juste ta collaboration pour que tu nous donnes ton avis sur différents points, tu comprends ? Ce genre d'endroit semblait le plus approprié, car les questions que je vais te poser concernent une affaire plutôt délicate que nous voulons traiter à huis clos.

— A huis clos ?

Le garçon prononça ces mots, l'air perplexe, comme s'ils appartenaient à une langue étrangère.

— Oui, tout ça doit rester entre nous, personne d'autre ne pourra entendre.

— Ah, bon, pigé !

Sur ce, le garçon s'assit. Il s'adossa à la chaise, buste bien droit, avant-bras croisés sur le ventre, bras collés le long du corps.

Takegami et Tokunaga déclinèrent leurs nom et fonction, à chaque fois ponctués par le garçon d'une brève avancée du menton et de mouvements saccadés. *C'est normal après tout, ce jeune est nerveux lui aussi.*

— Bon, pour commencer, je voudrais vérifier tes nom et adresse. (Takegami parcourut un document rédigé par Nakamoto de sa belle écriture soignée.) Tu t'appelles Kitajô Minoru, tu habites à Tôkyô, quartier de Hachiôji, Hachizaka… C'est correct ?

Kitajô Minoru confirma. Il forçait drôlement sa voix. Bien que séparé de lui par le bureau, Takegami voyait les muscles contractés de ses avant-bras.

— Né en 1983. Tu as donc dix-huit ans ?

— Non, encore dix-sept, mon anniversaire est en novembre.

— Ah oui, exact. Il est écrit aussi que tu es actuellement sans emploi. Tu… n'es pas lycéen ?

— Non, j'ai arrêté. L'année dernière.

— Tu as laissé tomber les études, alors ? Et tu vis avec tes parents ?

— Oui. Enfin… je loue un studio à côté de chez eux. Ou plutôt, ils le louent pour moi.

— Ils paient le loyer, en un mot ?

— C'est ça.

— Tu as un petit boulot ?

— Ça m'arrive, de temps en temps. Quand j'ai voulu m'acheter un ordinateur, par exemple. J'ai dû bosser dans une supérette pour me faire de l'argent, car mon paternel m'avait donné de quoi en payer la moitié seulement, répondit Minoru dans un souffle. (Soudain, il leva la tête.) Dites, inspecteur, vous auriez pas oublié un truc ?

Takegami sursauta.

— Ah oui ! Quoi donc ?

Il crut voir dans son dos Tokunaga sur sa chaise, à moitié tourné vers eux, marquer la surprise avec un haussement de sourcils en forme d'accent circonflexe.

— Alors ? Vous avez rien à me dire de spécial ? (Minoru se mit à rire bêtement.) Quelque chose comme : *Vous avez le droit de garder le silence*, et aussi *Tout ce que vous direz pourra être retenu contre vous*. On nous montre toujours ça dans les feuilletons télé.

Takegami partit dans un éclat de rire spontané.

— Mais tu n'es pas inculpé, il n'est pas nécessaire de te lire tes droits !

— Ah ouais, c'est comme ça que ça marche ?

— Mais le mensonge est en général une source d'embarras, il sème la confusion dans une affaire. De toute façon, après vérification, dans la plupart des cas on sait tout de suite si une déclaration est vraie ou pas. Cela ne te mènerait à rien de mentir, c'est pourquoi j'aimerais que tu répondes franchement et honnêtement à mes questions.

— Dans la plupart des cas ? (Minoru s'était affalé sur sa chaise.) Ce qui veut dire que, parfois, vous passez à côté de certains mensonges ? (Il leva les yeux vers le plafond gris.)

— En effet, ça arrive. Ce n'est pas une raison pour dissimuler la vérité.

— Bah, si au final personne ne découvre le mensonge, ça change quoi ?

— Et la morale, l'éthique, tu en fais quoi, dis-moi ?

Soudain à l'aise, Minoru posa ses coudes sur le bureau et regarda Takegami droit dans les yeux.

— M'sieur l'inspecteur, vous êtes un type étonnant.

— Ça m'a tout l'air d'être un compliment, je te remercie.

Le profil de Tokoroda Kazumi était à l'image de sa beauté. Assise à sa gauche, une chaise entre elles deux, Chikako distinguait sans peine la ligne gracieuse du menton de sa jeune voisine.

Dès l'ouverture de la porte de la salle d'interrogatoire, Kazumi s'était penchée en avant, front presque collé sur la glace sans tain. Elle observait la scène sans broncher, pas même un battement de cil. C'est seulement après le rire de Takegami, quand le garçon avait posé ses coudes sur le bureau et commencé à parler, qu'elle se redressa enfin. Elle plongea sa main dans le petit sac en tissu posé sur ses genoux, farfouilla à l'intérieur et en extirpa son téléphone portable.

Chikako lui lança un regard interrogateur. L'ayant remarqué, Kazumi demanda, son mobile serré dans la main :

— Les téléphones sont interdits ? Je viens de recevoir un message. C'est un mail je crois, il faudrait que je réponde.

— Je n'ai rien contre, à condition que tu ne fasses pas de bruit. Mais j'ai peur que ça ne te déconcentre.

— C'est de ne pas répondre qui risque de me déconcentrer.

La jeune fille ne tenait pas en place.

— Bon, d'accord.

Kazumi s'empressa d'écrire son message, faisant glisser avec dextérité et à toute allure son pouce droit sur les touches du téléphone. Visiblement, elle connaissait par cœur l'emplacement de chaque lettre. Les yeux fixés sur la salle d'interrogatoire de l'autre côté de la vitre, elle s'exécutait rapidement, sans réfléchir ni hésiter. Chikako avait déjà été témoin de scènes similaires, dans le train principalement, mais c'était encore plus impressionnant d'assister d'aussi près à une telle performance.

Le seul moment où Kazumi baissa les yeux sur son mobile fut pour appuyer sur la touche *envoi*, une fois son message rédigé.

— Tu répondais à qui ?

La question de Chikako se voulait sympathique, mais la jeune fille se raidit.

— A un ami, fit-elle sèchement.

— Ben, moi, j'aimerais bien savoir pourquoi la police veut me parler. (Kitajô Minoru haussa ses maigres épaules.) C'est en rapport avec l'affaire Tokoroda, hein ? Mais vous connaissez l'assassin, non ? J'ai vu aux infos que vous l'aviez trouvé.

— Rien n'a été annoncé concernant une éventuelle arrestation, tu es d'accord ? En réalité, l'enquête n'est pas classée, elle suit son cours.

— Ah bon ? Zut alors ! s'exclama Minoru sur le ton d'un gamin d'une dizaine d'années. J'ai rencontré Tokoroda sur Internet. Mais je sais rien de sa vie. On était pas intimes.

— Vraiment ? Pourtant tu l'appelais *papa,* répliqua tranquillement Takegami.

Le garçon écarquilla les yeux. Avant de battre frénétiquement des paupières, comme pour effacer sa réaction.

— C'était juste un pseudo. Le pseudo de Tokoroda sur Internet.

— Mais toi, tu utilisais ton vrai nom : *Minoru.*

— C'est vrai. Je trouvais ça plus simple.

— Mais c'est rare, non, que les gens gardent leur véritable identité ?

— J'aime pas faire semblant.

Derrière Takegami, le haussement de sourcils de Tokunaga n'avait apparemment pas échappé à Minoru cette fois. Le garçon plissa les yeux et observa le policier, pour le jauger, semblait-il.

— C'est pas cool… marmonna-t-il. Puis, revenant vers Takegami : Eh ! Inspecteur, moi je sais rien des histoires de Tokoroda. On s'est connu sur le Net et on jouait au père et au fils, point final. J'ai aucune idée du genre de type que c'était, j'ai jamais eu l'occasion de le savoir.

— Peut-être, mais tout ce qui concerne Tokoroda nous intéresse, même si c'est en marge de sa vie réelle.

— C'est bizarre c'que vous dites !

Minoru fit la moue. Son air tendu s'était dissipé, il paraissait de plus en plus à l'aise.

— Il se fiche du monde !

Ce murmure interpella Ishizu Chikako. Elle dévisagea Kazumi :

— Qui donc ?

D'un geste du menton, la jeune fille désigna la glace sans tain.

— Il ne pourrait pas parler plus convenablement ? Il se trouve dans une salle d'interrogatoire, tout de même !

Chikako sourit.

— Minoru ? Il est sûrement nerveux, alors il essaie de faire la forte tête.

— Cet inspecteur est trop bon avec lui ! Ça ne lui arrive jamais de crier ou de frapper du poing sur la table ?

— Ce ne serait pas très stratégique d'adopter cette méthode dès le début, cela rendrait tout dialogue impossible.

Chikako jeta un œil sur les documents qu'elle avait sous la main.

— A ce propos, qu'en penses-tu : est-ce que ce Kitajô Minoru te rappelle quelqu'un ? Si tu devais faire un rapprochement avec les personnes que tu as repérées à la gare et sur le parking…

— Je ne sais pas, c'est trop tôt pour le dire, la coupa Kazumi. Je n'ai pas encore vu les autres.

— Tu as raison.

La jeune fille décolla son dos de la chaise et s'approcha de Chikako :

— Dites, vous êtes certaine de ne pas vous tromper, il était vraiment ami avec mon père sur le Web ?

Chikako regarda du côté de la salle d'interrogatoire. Takegami se frottait la base du nez avec l'index. Minoru riait pour une raison quelconque.

— Oh oui, aucun doute.

— Il y en a encore deux autres à interroger, c'est bien ça ? Ils sont trois en tout ?

— Oui, mais le réseau des amis de ton père sur Internet était beaucoup plus étendu que ça.

Kazumi redressa la tête et mit une main sur sa joue.

— Mais vous ne soupçonnez pas tous ceux qui en faisaient partie, n'est-ce pas ? Juste les membres de sa famille virtuelle.

— Peut-être bien.

— Ce qui m'intéresse, c'est qui sont les gens de cette famille imaginaire ? Qu'est-ce qu'ils trafiquaient avec mon père ? Et surtout, qui est cette *Kazumi* ? Je veux savoir ! A ma place, vous réagiriez pareil, non ?

Comme Chikako tardait à répondre, Kazumi s'adressa à l'agent Fuchigami assise près de la porte d'entrée :

— Vous n'êtes pas d'accord avec moi ? Imaginez un peu que vous soyez la fille biologique et que vous appreniez que votre père joue au papa et à la maman avec des inconnus. C'est révoltant, non ? Et si, en plus, l'un d'eux se faisait appeler comme vous… ça ne vous intéresserait pas de savoir qui est toute cette bande ?

Fuchigami sourit et fit mine de réfléchir quelques instants.

— Si, sûrement. Je comprends parfaitement que tu sois en colère.

Kazumi battit brusquement en retraite.

— Je ne suis pas si en colère que ça…

— Ah non ?

— Non.

La jeune fille se pencha pour prendre son téléphone portable sur ses genoux et se mit à le manipuler. Chikako adressa un clin d'œil à sa collègue, puis exhorta Kazumi à poursuivre la séance :

— Bon, maintenant, tu regardes attentivement ce qui se passe dans la salle d'interrogatoire, d'accord ?

Takegami remonta ses lunettes.

— Tout d'abord, comment as-tu fait la connaissance de Tokoroda Ryôsuke ?

Kitajô Minoru ouvrit de grands yeux innocents.

— Hé, au départ, je savais pas son nom !

— Il a utilisé le pseudonyme *papa* dès le début de vos échanges ?

— Ouais. Mais si ça vous intrigue, vous feriez mieux de commencer par interroger *Kazumi.*

— Kazumi ? Tu parles de celle qui se faisait appeler *Kazumi* sur Internet ?

— Ben oui, qui d'autre ?

— La fille de la victime porte le même prénom. Le sien s'écrit avec les idéogrammes *un* et *beau,* mais il se prononce également *Kazumi.*

— Non ! Sérieux ? (Minoru se redressa.)

— Tu n'étais pas au courant ?

— Pas du tout. Je vous l'ai dit, on s'éternisait pas sur la vie de chacun.

— Pourtant, quand nous avons consulté les données de l'ordinateur de M. Tokoroda, d'après vos échanges à tous les deux, je ne voudrais pas que tu le prennes mal, mais j'ai l'impression que tu me racontes des blagues, cette fois.

Le garçon se renversa bruyamment sur sa chaise.

— Il gardait ses vieux mails ! Il les a pas supprimés ?

— Il en reste un certain nombre, confirma Takegami.

— Ils datent de quand à peu près ? Y en a combien ?

Takegami ne répondit pas.

— Si ça se trouve, il savait même pas comment les effacer, marmonna Minoru. J'avais bien senti que c'était pas trop son truc, les ordinateurs.

— Mais il s'en servait au bureau.

— C'est pas pareil. Quand on utilise un ordi au boulot, il y a des gens qui sont chargés de mettre au point le système informatique et de s'occuper de la maintenance. A la maison, il faut se débrouiller tout seul. (Minoru essayait de lire les documents que l'inspecteur avait sous la main.) Les messages que j'ai envoyés… tous ces vieux machins ont été conservés ?

— On dirait, oui. (Takegami souleva son avant-bras posé sur le tas de papiers.) Tu sais, il n'y a rien là-dedans qui fasse référence à ta correspondance avec la victime, ça ne t'apportera rien de les regarder en douce.

Le garçon se renfrogna.

— C'est que… ça m'agace.

— Quoi donc ?

— Les mails, c'est privé. Ça me saoule que la police lise ce que j'ai écrit à Tokoroda.

— Tu m'en vois navré, mais c'est notre travail.

Minoru tira nerveusement sur la manche de son tee-shirt, élargissant ainsi son encolure qui dévoila sa clavicule.

— Et *Kazumi*, vous allez l'interroger aussi ?

Takegami ne répondit pas.

— Vous avez pas l'intention de la questionner ? Ça serait bizarre. Parce qu'au début, c'était elle.

— Ah, tu veux dire qu'elle a fait la connaissance de M. Tokoroda la première ?

— Ouais, c'est ça. Mais arrêtez votre petit jeu, OK ? J'imagine bien que vous êtes au courant. Ça a commencé par un échange de mails entre elle et le vieux. Pendant six mois à peu près… non, un peu plus.

Takegami se frotta la tempe, puis reprit l'interrogatoire.

— Je ne remets pas en cause le fait que tu aies envoyé moins de mails à *papa* que les deux autres contacts. Mais quelle était précisément ton implication dans cette famille virtuelle ? Ce qui nous importe en premier lieu, c'est de connaître l'origine de votre rencontre.

Le garçon libéra la manche de son tee-shirt et releva ses cheveux.

— Notre rencontre ?

Plongé dans ses pensées, il se déconcentra un instant. Takegami patientait en silence, mais Tokunaga se racla discrètement la gorge. Minoru cligna des yeux comme si des gouttes d'eau venaient d'éclabousser son visage, et il regarda Takegami.

— Eh, inspecteur !

— Oui ?

— C'est un peu louche, en fait. Il est où, le rapport avec le meurtre ? Le suspect, faut aller le chercher ailleurs, parce que *Kazumi* et moi, on a rien à voir avec cette histoire.

Ses paroles étaient maintenant teintées d'un soupçon d'arrogance.

— Et qu'en est-il de *maman ?* A-t-elle un lien avec l'affaire ? renchérit Tokunaga en tournant le buste vers le garçon.

Minoru se raidit.

— Hé ! C'est quoi, ça ? Je croyais que son boulot à lui, c'était juste de noter tout ce que je disais. Faut pas vous mettre à poser tout à coup des questions, vous aussi, ça fout la trouille !

— Désolé.

— C'est ça, ouais ! (Le garçon avait craché sa réponse à la figure du policier. Puis il se leva et se rassit avec des mouvements brusques.) Ça commence à me faire chier toutes ces conneries ! J'aurais jamais dû venir. Ah, il s'est bien foutu de moi, le flic qui m'a amené ! Dire que je le trouvais sympa ! Et puis, tiens, quand j'y pense, depuis le début vous me considérez comme un suspect, hein ? Et d'abord, comment vous avez su que c'était moi le *Minoru* virtuel ?

Takegami s'efforçait d'afficher un air neutre.

— Avec l'adresse mail, c'est ça ? Sauf que les fournisseurs d'accès, ils révèlent pas l'identité des abonnés. Même la police peut pas obtenir l'info si facilement. Faut un mandat…

— Tu es bien renseigné.

Décontenancé d'avoir lui-même abordé le sujet, Minoru s'informa :

— Quoi ? Alors, vous avez vraiment un mandat ? C'est comme ça que vous avez eu nos noms ?

Il colla ses deux poings sur la table et bondit sur ses pieds :

— J'ai pas tué Tokoroda ! hurla-t-il. Vous n'avez aucune raison de me soupçonner !

Le corps penché en avant, une main sur la glace sans tain, immobile, Kazumi avait les yeux braqués sur Minoru. Sous la pression de son bras, les veines de sa main étaient gonflées.

Chikako l'appela doucement :

— Kazumi, recule-toi un peu.

— Hein ? se contenta de marmonner la jeune fille sans bouger.

On la dérangeait, apparemment.

— Tu pourrais casser la vitre en t'appuyant dessus, éloigne-toi, tu veux bien ?

Ces paroles ramenèrent Kazumi à la réalité. Elle retira sa main, laissant une trace de doigts sur la glace à l'endroit exact où se reflétait le visage de Minoru.

— Qu'en penses-tu ? Tu commences à avoir des éléments de réponse ?

Kazumi tardait à répondre, l'air d'avoir perdu le fil de la conversation plutôt que de chercher ses mots. Sa joue fut prise de tremblements nerveux. Enfin elle dit :

— Je ne sais pas. Mais… le type qui rôdait devant chez nous… j'ai l'impression qu'il lui ressemble un peu.

— Tu as surpris ton père en compagnie d'inconnus qui semblaient le connaître, à trois reprises, as-tu dit. Je ne me rappelle plus à quelle occasion précisément… Ah si, la première fois devant la maison, puis sur le quai de la gare, et pour finir, sur le parking du supermarché. C'est bien ça ?

— Hein ? Euh, oui.

— Tu as vu ton père, assis dans la voiture, qui parlait avec quelqu'un à travers la vitre. A moins que ce ne soit le contraire…

Chikako étala ses notes, et Kazumi rapprocha sa chaise pour essayer de les voir.

— Non… ton père était au volant. Par contre, tu n'as vu qu'une silhouette de dos. Tu ignores donc si l'individu qui lui parlait était un homme ou une femme. De même, il t'est difficile de donner son âge, mais d'après toi, il ne s'agissait pas de quelqu'un de plus vieux.

— Il était en jean, je crois, chuchota Kazumi. Puis soudain, elle s'emballa : Je l'avais déjà dit avant ? Vous l'aviez noté ?

— Non. A propos des vêtements, tu as juste déclaré avoir vu un manteau noir.

— Vous pouvez me montrer le rapport une minute ?

La jeune fille tendit promptement la main, mais Chikako fit glisser le document hors de sa portée.

— Je suis désolée, ce sont les données d'une enquête criminelle. De toute façon, ce n'est pas grave si tu t'embrouilles dans tes souvenirs et que tu fais des erreurs. Ce sont des choses qui arrivent.

— Oui, mais…

Kazumi tourna la tête et porta de nouveau son regard en face d'elle, par-delà la glace sans tain. Son anxiété était palpable.

— Si je me suis trompée, ça pourrait avoir des conséquences graves, vous ne croyez pas ?

— Non, parce que nous n'allons pas arrêter quelqu'un sur la foi de ton seul témoignage. Personne ne voudrait te faire assumer une telle responsabilité. Donc, tu ne t'inquiètes pas, d'accord ?

Dans la salle d'interrogatoire, un policier distribuait des gobelets de thé commandés par Takegami. Après le coup de sang de Minoru, l'inspecteur avait sans doute jugé utile de faire une pause. Il recommanda au garçon de boire du thé vert, tandis que lui-même avalait d'un trait sa boisson. Tokunaga laissa traîner son regard au-delà de la glace sans tain, et n'ayant aucune raison d'envoyer un signal du coin de l'œil, détourna tranquillement la tête.

— Je ne comprends pas bien… reprit Kazumi d'une petite voix. Ce n'est pourtant pas le moment mais soudain, je ne suis plus sûre de rien.

— C'est ce que ressentent tous les témoins oculaires en pareille situation. C'est très difficile de témoigner.

— Peut-être que je me suis fait des idées et que je n'ai jamais vu ces gens avec mon père. C'est vrai que ça ne m'est pas revenu tout de suite. Mais les enquêteurs m'ont demandé tellement de fois si je n'avais pas remarqué quelque chose d'insolite que j'ai dû finir par m'en persuader. Sans leur insistance à ce sujet, je ne me serais souvenue de rien, je crois.

Chikako tapota l'épaule de Kazumi.

— Il y en a parmi nous qui sont de cet avis, tu sais.

— Hein, c'est vrai ?

— Ecoute, tu as commencé par t'inquiéter à propos d'un harceleur suspect, et ensuite, tu as évoqué ces inconnus avec ton père. Des collègues pensent que si tu as parlé de ça finalement, c'est parce que les policiers trop zélés n'ont pas arrêté de vous poser cette question, à ta mère et toi : *Vous êtes sûres qu'il n'y a rien eu ?* Exactement comme tu viens de le dire.

— Véridique ?

Kazumi tombait des nues.

— Oui, tout à fait. Voilà pourquoi certains s'opposaient à ce que tu subisses cette séance d'identification. Ils trouvent qu'on dépasse les bornes, qu'on te pousse à bout.

— C'est vrai ?

Kazumi chercha confirmation dans le regard de Fuchigami, qui acquiesça.

— Si tu ne nous avais pas donné ton consentement, nous ne t'aurions jamais obligée à y participer, et d'ailleurs, tu peux partir à tout moment, y compris maintenant. Il suffit de nous le dire. Alors, qu'est-ce que tu veux faire ?

Pour la première fois de la journée, le regard de Kazumi était plongé dans le doute. La jeune fille semblait puiser la réponse au fond d'elle-même.

— Tu arrêtes ? De toute façon, l'interrogatoire continuera avec ou sans toi, sois rassurée. On te raccompagne ?

Chikako posa une main sur le dossier de la chaise de la jeune fille, et Fuchigami s'apprêtait à se lever pour sortir avec elle. Mais Kazumi secoua la tête comme pour chasser son doute.

— Je reste encore un peu.

— Tu es sûre ?

— Oui, c'est bon. Je dois assumer ce que j'ai dit.

— Il ne faut pas te forcer.

— Si, si, c'est important ! insista Kazumi presque fâchée. (Elle releva la tête.) Ça ira, je vous assure.

Chikako sourit.

— Entendu. Dans ce cas, on poursuit. Regarde, on dirait que la pause est terminée de l'autre côté.

En effet, Takegami nettoyait les verres de ses lunettes avec un mouchoir. Minoru avait sagement regagné son siège.

— Dites, inspecteur Ishizu, l'interpella Kazumi, cette *Kazumi*, celle d'Internet, elle est aussi dans le commissariat en ce moment ? C'est oui, n'est-ce pas ? Quand est-ce qu'on l'interrogera ?

— La décision appartient à l'inspecteur Takegami.

— Je voudrais qu'il l'appelle vite, alors.

Kazumi se tourna vers la glace sans tain et ajouta dans un murmure :

— J'ai hâte de voir cette fille. Vous ne pouvez pas le dire dans le micro ?

De : Minoru
A : Kazumi
Objet : Arrête de faire ta sainte nitouche !

Oh, la brave petite Kazumi… sale petite emmerdeuse plutôt… tu te prends pour qui, toi ?

De : Maman
A : Papa
Objet : Merci !

Merci pour ton mail ce matin ! Il m'a mise de bonne humeur toute la journée.
Quand même, c'est incroyable qu'on ait pu devenir une famille de cette façon. Mais je suis aux anges. Je savais qu'Internet était un moyen de se faire des amis, je n'aurais jamais imaginé pouvoir y fonder une famille.
Tiens, à propos, j'ai reçu un mail de Kazumi tout à l'heure. On a chatté un peu toutes les deux, elle s'est encore disputée avec Minoru, on dirait. Je l'ai consolée comme j'ai pu, c'est mon rôle de mère d'essayer de réconcilier les enfants, mais j'aimerais bien que tu leur parles aussi et que tu essaies de comprendre pourquoi ils sont fâchés.
Allez, je te laisse, en espérant que le travail au bureau ne t'a pas trop fatigué aujourd'hui.
A demain.

8

Lunettes sur le bout du nez, Takegami reprit l'interrogatoire :

— Donc, vous étiez très proches tous les quatre, mais vos rapports se limitaient-ils vraiment à Internet ? Dis-moi… sauf erreur de ma part, votre petit groupe a aussi organisé une rencontre *physique*. Ce qu'on appelle un *rendez-vous offline*, je crois.

Kitajô Minoru prit le temps de répondre. Maintenant calmé, après avoir quelque peu crié et protesté, il analysait prudemment le comportement de Takegami… Regard fixé sur le bureau, il répliqua par une question :

— Vous utilisez Internet, m'sieur l'inspecteur ?

— Eh bien, j'ai une adresse e-mail. Sinon, c'est un univers qui me dépasse plutôt.

— Pourtant, vous m'avez l'air d'avoir bossé comme un malade scotché devant l'ordi pour trouver les infos.

— Je me suis trompé ? *Rendez-vous offline* n'est pas le terme approprié ?

— Si, justement. Bon, bref, c'est vrai qu'on s'est rencontrés. Tous les quatre, oui. Une réunion de famille, quoi.

— C'était quand ?

— Début avril, le 3 ou le 4. Le premier samedi du mois.

— Samedi 3 avril. M. Tokoroda a été assassiné trois semaines plus tard. Ça t'a surpris, j'imagine.

Le garçon fit la grimace, sa bouche déformée exprimant un mécontentement évident.

— Ben oui, ça m'a fait tout drôle ! C'est normal, vous croyez pas ? Non, mais, sérieux, m'sieur l'inspecteur, que voulez-vous que je vous dise ? A part que j'ai rien à voir dans cette affaire. Bien sûr que j'étais surpris. Mort de surprise !

Après cette réponse sarcastique, méfiant, il observa discrètement la réaction de Takegami.

— Je suppose que comme tout le reste, vous avez découvert notre *rendez-vous offline* sur l'ordi de Tokoroda ?

Takegami feuilleta le dossier devant lui.

— Puisque tu as déjà rencontré *Kazumi*, si je lui demande de nous rejoindre, tu n'y verras pas d'objection ?

— Ici ? Ensemble ?

— Ça t'ennuie ?

— Ben, non, mais bon…

— Pourtant, tout à l'heure, tu as affirmé qu'elle était la mieux placée pour nous raconter l'historique de votre *famille*. C'est bien ce que tu as déclaré, non ? En plus, elle attend toute seule, elle doit s'inquiéter.

— Vous êtes bien aimable, dites donc.

— Quoi qu'il en soit, vous êtes deux mineurs sous ma responsabilité, répliqua Takegami avec un grand sourire calculé.

Tokunaga décrocha le téléphone interne, et à peine son message transmis, quelqu'un frappa à la porte. L'agent en faction entra le premier en portant une chaise pliante et l'installa tout à côté de celle de Minoru. Le garçon s'écarta pour laisser un espace entre les deux places.

— Entre, viens donc t'asseoir.

Ainsi encouragée par Takegami, une jeune fille pénétra timidement dans la pièce. Elle était chaussée de sandales à talons hauts lacées à la cheville et ses pas menus cliquetaient sur le sol.

Takegami était abasourdi. Il avait devant lui le sosie de Tokoroda Kazumi !

Non, à la réflexion, le visage et la silhouette des deux adolescentes n'étaient pas si ressemblants. En regardant de plus près, il parvint rapidement à les dissocier. Mais elles dégageaient une impression similaire. Au vu des vêtements qui dévoilaient fièrement ses courbes féminines, cette jeune fille avait l'air particulièrement douée pour se mettre en valeur. L'inspecteur jugea néanmoins son maquillage outrancier (compte tenu de son âge notamment : dix-sept ans). Ses cheveux châtain clair tombaient en cascade sur ses épaules. Sur la poitrine, un pendentif, semblable à celui que portait la véritable Kazumi. Qui sait, peut-être était-ce le même modèle, à la mode ces temps-ci chez les adolescentes ?

Une forte odeur de parfum se répandit dans la pièce.

— Assieds-toi, s'il te plaît, répéta Takegami avant de se tourner précipitamment de côté pour éternuer.

Kitajô Minoru s'esclaffa :

— Tu cocotes, ma poule !

La jeune fille n'esquissa même pas un sourire. Elle restait debout, son petit sac à dos en nylon serré contre son cœur comme un bouclier.

— Kawara Ritsuko, n'est-ce pas ? demanda Takegami d'une voix douce. Merci d'avoir accepté de venir. Allez, installe-toi. Tu n'as rien à craindre, tout va bien se passer.

Non loin, Tokunaga gloussa, amusé par le ton complaisant de son collègue.

Le visage crispé de Ritsuko se détendit légèrement. *Bonjour*, prononça-t-elle tout bas. (Une salutation qui manquait de spontanéité malgré sa bonne volonté apparente.) Enfin, elle prit place.

Takegami se présenta, puis dit en préambule :

— Je suppose qu'un responsable t'a déjà mise au courant.

Puis il lui expliqua brièvement le but de sa présence ici. Ritsuko avait posé son petit sac sur les genoux, et tout en croisant nerveusement les doigts, elle l'interrompit comme pour détourner la conversation.

— La mort de M. Tokoroda me rend atrocement triste. Mais je ne peux pas vous aider, je sais absolument rien.

Sa voix fluette et empressée contrastait avec sa tenue vestimentaire hyper élaborée, son apparence l'ayant classée a priori dans la catégorie des fortes personnalités.

— C'est angoissant d'être convoquée à la police… on n'a pourtant rien fait de mal.

Ses bras faisaient de grands moulinets. Elle semblait attraper au vol les mots qui sortaient de sa bouche, puis les chiffonner, et les cacher dans sa poche.

— Je suis désolé de t'avoir obligée à manquer des cours pour venir au commissariat, dit poliment Takegami. Mais nous voulions vous entendre au plus vite tous les trois. Malheureusement, l'autre personne n'a pas pu se libérer ce samedi.

— L'autre personne ! s'exclamèrent en chœur les deux jeunes.

Cette soudaine harmonie fut de courte durée, tant leur langage était opposé.

— Vous parlez de *maman* ?

— Quoi, on va aussi interroger cette poufiasse ?

— *Poufiasse !* répéta l'inspecteur.

Sous le regard réprobateur de Ritsuko, Minoru mordilla ses lèvres avec agacement.

— Hey ! tu vas pas encore nous faire ta sainte nitouche ? Surtout que je sais bien, moi, que tu peux pas la piffer non plus, cette greluche.

Ritsuko se raidit.

— Dis, tu la soupçonnes, la poufiasse, hein ? Même que tu lui as envoyé un mail. Je le sais parce qu'après elle m'a fait une comédie pathétique, elle chialait en disant que c'était affreux.

— Mais de quoi tu parles ?

La jeune fille clignait furieusement ses paupières fardées d'un bleu pailleté. Minoru fit mine de retrousser des babines menaçantes.

— Ben alors, quoi ? Tu veux me faire croire que tu lui as pas demandé si elle avait buté Tokoroda ? T'as pas écrit : *Tu l'as tué ?*

La jeune fille hurla.

— C'est pas vrai ! Tu mens !

Kazumi se pencha si violemment que sa chaise faillit basculer en avant. Par chance, Chikako eut le réflexe d'en saisir le dossier.

Kazumi tressaillit.

— Oh, pardon ! Je n'ai pas fait trop de bruit ?

— Non, ne t'inquiète pas. La salle d'interrogatoire est très bien insonorisée.

— Ouf, tant mieux…

Elle écarta un cheveu qui lui gênait la vue et regarda en face avec intérêt.

— C'est donc *Kazumi*.

— Oui, on dirait bien.

— Pourquoi a-t-elle choisi ce pseudonyme ?

— Attendons un peu, l'inspecteur va la faire parler petit à petit, on devrait bientôt avoir la réponse.

Dans la salle d'interrogatoire, Takegami essayait de calmer Ritsuko, mais la jeune fille agitait les bras de manière frénétique en répétant qu'elle voulait rentrer chez elle. Minoru, l'air de se désintéresser d'elle, allongea mollement les jambes, puis lança un regard hargneux vers la glace sans tain. L'espace d'un instant, ses yeux croisèrent ceux de Chikako, avant de se porter ailleurs.

— La salope ! murmura Kazumi avec une virulence surprenante pour une jeune fille au physique aussi frêle.

Takegami réussit à persuader Ritsuko de retourner s'asseoir. Elle s'essuya le visage d'une main. Ses yeux brillaient de larmes.

— Elle fait semblant ! asséna Kazumi. Encore une qui a compris qu'il suffisait de pleurnicher pour obtenir tout ce qu'elle veut. Les hommes sont tellement bêtes qu'ils se font avoir à tous les coups.

— Ça n'arrivera pas ici, intervint l'agent Fuchigami d'un ton posé.

Mais Kazumi campait sur ses positions.

— Parce que ce sont des policiers ? Et alors ? Ce sont aussi des hommes, non ? Moi, je vous dis qu'ils vont tomber dans le panneau.

— Oui, peut-être, mais à mon avis, tu peux faire confiance à l'inspecteur Takegami.

— Et pourquoi ? s'insurgea Kazumi.

— Parce qu'il a une fille. Elle doit être étudiante maintenant. Ce genre de ruse féminine ne prend pas avec lui, il connaît assez bien la question.

— Ça ne prouve rien ! Pas même qu'il est capable de comprendre sa propre fille.

Chikako n'insista pas. Dans la pièce d'en face, Takegami terminait les vérifications d'usage concernant l'identité de Kawara Ritsuko : adresse, nom, établissement scolaire, etc.

L'œil noir, Kazumi suivait attentivement le déroulement de la scène, mais comme si elle retrouvait brusquement ses esprits, elle saisit son téléphone portable et son pouce reprit son habile chorégraphie.

Chikako et la jeune policière Fuchigami échangèrent un regard appuyé.

— Bon, ça n'a pas l'air d'aller. (Takegami s'éclaircit la voix.) Mais vous ne pourriez pas vous calmer un peu, tous les deux ? Je me demande si c'était une bonne idée, en définitive, de vous faire venir ici. D'accord, nous sommes dans une salle d'interrogatoire, mais n'allez pas croire pour autant que la police vous considère comme suspects. Tout ce que nous voulons, c'est trouver l'assassin de M. Tokoroda, et pour y parvenir, nous avons besoin d'en apprendre le plus possible auprès de ceux qui lui étaient proches avant sa mort.

Minoru croisa les jambes, l'air boudeur, les pieds ballants. Ritsuko avait essuyé ses larmes et, le visage crispé, s'agrippait à son sac à dos sur ses genoux.

— Bien. A nous, maintenant, Ritsuko…

Au son de la voix de Takegami, la jeune fille serra si fort les doigts qu'il vit pâlir ses phalanges.

— D'après Minoru, tu es la première à t'être liée d'amitié avec M. Tokoroda sur Internet. Il dit vrai ?

Ritsuko lança un regard désapprobateur au garçon, puis acquiesça vaguement.

— Quand et dans quelles circonstances êtes-vous devenus amis ? Et pourquoi ? Si je ne m'abuse, cela ne fait pas très longtemps que tu utilises Internet ?

Takegami attendit patiemment la réponse. Au terme d'un long silence, alors qu'il s'apprêtait à réitérer sa question, elle prit enfin la parole :

— Il y a environ un an, j'ai eu un ordinateur tout neuf.

— Un cadeau de tes parents ?

Ritsuko secoua la tête, rejetant en arrière ses cheveux châtains.

— En fait, ma mère l'avait acheté pour elle.

— Oh, c'est une mordue de l'informatique.

— Tout faux. Ma mère n'est qu'une crâneuse. Elle aime bien frimer, je suis sûre qu'elle voulait se faire passer pour une grande connaisseuse. C'est dans sa nature. Elle a besoin de se sentir supérieure aux autres, c'est systématique.

— Il n'y a vraiment pas de quoi se vanter d'avoir commencé Internet seulement l'année dernière.

— Entièrement d'accord. Je vais vous expliquer : une de ses amies a créé un site sur le jardinage, et ma mère a voulu lui faire concurrence. Infantile, hein ? Bref, elle a essayé de l'imiter, mais dès qu'elle a compris à quel point c'était dur de mettre tout ça en place et d'alimenter son propre site, elle a abandonné.

— Du coup, tu as récupéré l'ordinateur ?

— Voilà, oui. Je me suis mise au Web parce que mes amis m'ont dit que c'était marrant.

— Qu'est-ce qui te plaît précisément ?

— Comment ça ?

— Eh bien… tu fais des recherches sur des sujets qui t'intéressent, par exemple ?

— Non, pas spécialement. Faut avouer que je me suis jamais posé la question. Je jette un œil sur différents sites… tenez, un peu comme on feuillette un magazine. Sauf que c'est plus marrant parce que ça bouge. Ce ne sont pas que des mots alignés sur une page, il y a des vrais gens, avec qui on peut communiquer, échanger des impressions. Mais au début, quand je me connectais sur les *chatroom* ou que je consultais les forums, j'y passais en tant que simple *rom*.

— *Rom* ?

Minoru expliqua d'un air hautain :

— ROM : *read only member*. Le visiteur lit, l'utilisateur affiche des commentaires.

— Ah, je vois. Dans ce cas, c'est bien comme si on lisait un magazine, reconnut Takegami. Dis-moi, Ritsuko, tu as un téléphone portable ?

Elle répondit que oui, puis l'œil en alerte, s'inquiéta :

— Pourquoi vous me demandez ça ?

— Je vais te paraître vieux jeu, mais pour moi, une jeune fille fana d'ordinateur, c'est un peu contre nature. Le téléphone portable suffit de nos jours, non, pour échanger des mails et se faire plein d'amis ?

Ah, ce n'est que ça ! sembla penser Ritsuko, pour la première fois souriante depuis son arrivée.

— Ça coûte cher, vous savez, d'utiliser tout le temps son mobile. Mon ordi, ce sont mes parents qui paient les frais de communication, parce que l'appareil appartient à toute la maison en quelque sorte.

— Ils sont stricts sur la façon dont tu dépenses ton argent de poche ?

— M'en parlez pas ! Ils m'embrouillent tout le temps là-dessus ! De vrais radins.

Fille unique, Ritsuko habitait avec son père cadre dans une entreprise et sa mère femme au foyer. Du coup, l'inspecteur l'imaginait pourrie gâtée. Apparemment, il s'était trompé.

— Radins, tu dis ? Alors, tu dois avoir du mal à te payer des vêtements et des accessoires avec ton argent de poche.

— Non, c'est pas ça. Si je vais faire des courses avec ma mère, elle m'achète tout ce que je veux en général.

— Oh, elle est généreuse !

— Ecoutez, le shopping, c'est sa principale activité, elle est donc pas la mieux placée pour me faire la leçon. En plus, mes fringues ont parfois un double emploi.

— Vous les portez toutes les deux ?

— Eh oui ! Elle arrête pas de sortir, ça coûte cher d'être à la mode.

— Ce que tu as sur toi, aujourd'hui, c'est ta mère qui te l'a payé ?

Ritsuko passa en revue sa tenue.

— Oui. A part le collier.

Le collier qui ressemblait à celui de Tokoroda Kazumi.

— Ce modèle est à la mode en ce moment ?

— Ça ? (Elle saisit la chaîne du pendentif et le fit se balancer.) Bah, j'en sais rien. Je l'ai vu dans un grand magasin, il m'a plu, je l'ai acheté.

— Je vois. (Takegami croisa les mains à hauteur du visage.) Bon, reprenons… Tu visitais comme ça des sites Internet, et après ? A quelle occasion as-tu posté ton premier commentaire ?

Ritsuko lança un regard à Minoru. Espérait-elle un conseil de sa part ? Mais il sembla ne rien remarquer, occupé à regarder la pointe de ses pieds.

— A propos de films, dit Ritsuko.

— Des films ?

— Oui. Je suis tombée sur un forum qui rassemblait des fans de cinéma. L'ambiance était sympa – tout le monde avait l'air de bien s'entendre –, alors, j'ai envoyé une petite note. J'adore le cinéma.

— Il y a combien de temps ?

— Eh bien, ça faisait deux mois que je pianotais régulièrement sur l'ordinateur…

— En juin dernier, par conséquent. Il y a dix mois.

— Ah bon…

Ritsuko paraissait dubitative. Ses yeux se posèrent de nouveau sur Minoru, comme pour chercher confirmation. Cette fois, le garçon perçut son appel.

— Minoru a quelque chose à voir là-dedans ? questionna Takegami sans la lâcher.

— Hein ? Non, pas du tout ! Pourquoi vous me demandez ça ?

— Tu ne cesses de le regarder depuis tout à l'heure, expliqua-t-il sur un ton posé avec le sourire. Tu as besoin de l'interroger sur un point qui te tracasse ?

— Laissez tomber, y a rien, répliqua sèchement Minoru.

Il désigna Ritsuko du menton.

— C'est son caractère. Toujours indécise, sans arrêt en train de demander l'avis de tout le monde. Pour n'importe quoi.

— Mais…

La jeune fille parut se liquéfier à vue d'œil et recommença à triturer son sac à dos, tandis que Minoru lui lançait un regard hostile. Puis il poussa un soupir affligé, et revint vers Takegami :

— Elle parle d'un blog pour les fans de films qui s'appelle *Cinema Love Island*. Le blogger ne travaille pas dans l'industrie du cinéma ou de la télévision, mais son trip, c'est d'aller aux avant-premières. Vous avez déjà entendu les annonces diffusées à la radio et à la télé ? Cent places à gagner à la loterie pour aller voir tel ou tel film par exemple.

— Ah oui, je vois de quoi tu parles. Dans les taxis, on trouve des cartes postales pour s'inscrire.

— Ouais, voilà, c'est ça. Donc, ce type adore y participer. Il gagne souvent, en plus, il doit avoir ses petites combines. Ensuite, sur son blog, il donne ses impressions sur les nouvelles productions pas encore sorties en salle et raconte comment s'est passée l'avant-première. C'est pas très intéressant, mais il alimente régulièrement le contenu de ses pages. Et puis, il file aussi quelques infos pratiques, du coup il y a plein de gens qui y jettent un œil ou postent des commentaires.

— Je comprends.

— C'est pas un site fréquenté par des intellos donneurs de leçons sur la théorie du cinéma, chacun peut s'exprimer librement sur les films qu'il a vus. (Minoru s'adossa à sa chaise et croisa correctement les jambes.) Moi aussi, j'y fais un tour de temps en temps. C'est pour ça que je sais comment elle a fait la connaissance de Tokoroda, alias *papa*. Mais, m'sieur l'inspecteur, vous voulez que ce soit elle en personne qui vous le dise, pas vrai ? Il faut procéder par ordre, c'est ça.

— Tu as raison, convint Takegami.

Puis il posa aimablement la question à Ritsuko :

— Tu peux nous raconter ta rencontre avec M. Tokoroda ? D'après Minoru, tout a commencé sur *Cinema Love Island*. Tu confirmes ?

— Oui, mais…

— Hé, fais pas ta minette coincée ! pesta Minoru en donnant un coup de coude à Ritsuko.

Elle rattrapa à temps le sac à dos qui glissait de ses genoux.

— Je joue à rien de tout ça ! (Sa voix devenait inaudible.) Mais si je vous dis la vérité, monsieur l'inspecteur, vous risquez d'être choqué et de me trouver bizarre.

— Sache que peu de choses peuvent nous surprendre, et nous ne sommes pas là pour juger les gens, la rassura Takegami. Puis, voyant l'anxiété dans les yeux de Ritsuko, il se retourna pour faire face à Tokunaga derrière lui : N'est-ce pas qu'il en faut beaucoup pour nous étonner ?

— La plupart du temps, oui.

— Mademoiselle la complexée ! chantonna Minoru à voix basse.

— Rien ne t'oblige à lui parler méchamment, le sermonna Takegami. Cette pauvre Ritsuko, tu lui fais de la peine.

Visiblement soulagée par ces paroles complaisantes, la jeune fille relâcha son emprise sur le sac à dos, se rassit correctement et rapprocha sa chaise du bureau, réduisant la distance qui la séparait de l'inspecteur à une vingtaine de centimètres.

— Monsieur l'inspecteur, vous avez vu le film chinois *L'Amour de Katyusha* ?

— Non, je ne vais presque jamais au cinéma.

— Moi non plus, mais il est passé sur une chaîne du câble. Il n'a pas connu un grand succès à sa sortie en salle, mais comme le metteur en scène a été nominé aux Oscars pour son film suivant, les diffuseurs l'ont programmé à la télé.

— D'après le titre, j'imagine qu'il s'agit d'une histoire d'amour.

— En partie, oui, mais le thème principal du film, c'est la famille. Le personnage principal est une jeune fille qui vit à Shanghaï ; la mère de son amoureux meurt, après lui avoir donné en souvenir une *katyusha*, une épingle à cheveu ornementale. Ce qui est étrange car elle s'opposait formellement à son mariage avec son fils, mais pour une raison inconnue, elle lui a laissé ce bijou qu'elle gardait précieusement depuis sa jeunesse. Comme s'il lui rappelait quelque chose d'important. Intriguée par ce cadeau, l'héroïne pousse son amoureux à enquêter sur le passé de sa mère. Ensemble, ils découvrent qu'il n'était pas son fils naturel. Du coup, ils partent à la recherche de sa mère biologique.

— Ça m'a l'air intéressant.

— Au fil du temps, ils apprennent que la *katyusha* appartenait en fait à la vraie maman du garçon. Ensuite, il se passe plein d'autres choses, mais à la fin, l'énigme est résolue, on comprend pourquoi la mère adoptive était contre leur mariage.

Ritsuko interrompit son récit jusqu'ici fluide et mit un doigt sur ses lèvres. Takegami vit son ongle soigneusement manucuré recouvert d'un vernis rose pâle.

— Je n'avais jamais vu de film chinois. Il m'a beaucoup touché, parce que… ça m'a fait réfléchir sur mes propres parents. J'ai réalisé qu'ils avaient été jeunes eux aussi, et que j'aimerais bien savoir comment ils étaient à cette époque. C'était la première fois que je pensais à ce genre de choses. A leur vie avant le mariage, avant ma naissance.

— Tu as sans doute l'occasion d'aborder ces questions avec ta mère quand vous faites du shopping toutes les deux ?

Ritsuko secoua énergiquement la tête.

— Non, on en parle pas. Jamais de sujets sérieux. (Les mots sortaient facilement de sa bouche désormais.) A la maison, c'est comme ça depuis un bout de temps. On habite sous le même toit tous les trois, mais chacun vit sa vie de son côté. Mon père travaille beaucoup – je le vois très rarement – et ma mère est bien trop occupée par ses affaires à elle. Ses conversations avec moi se limitent à la mode et aux *people*, que des trucs futiles. Impossible de parler d'autre chose, ça l'intéresse pas. Pareil au moment de l'examen d'entrée dans un lycée privé. Je voulais être admise quelque part sur recommandation de mon prof principal et ma mère l'a laissé décider de mon sort sans intervenir. Elle avait décrété que son choix de l'établissement serait le bon. Parfois, quand j'ai un petit coup de déprime ou que je me suis disputée avec une amie, je vais lui demander conseil. C'est ma mère, après tout. Mais elle m'écoute pas vraiment. Elle prend un air ennuyé. La seule chose qu'elle éprouve le besoin de contrôler, c'est comment je dépense mon argent de poche et là, elle devient franchement agaçante. Par contre, si une amie m'a offert un cadeau et que je le montre à ma mère, dès qu'elle comprend que je ne l'ai pas acheté – même s'il s'agit d'un objet de valeur – c'est clair qu'elle s'en fiche. Voilà pourquoi je suis toujours seule à la maison. Et il n'y a pas que moi, mes parents aussi vivent chacun de leur côté.

— Ils s'entendent bien ?

— Jamais de disputes, vu qu'ils s'ignorent. Le film, *L'Amour de Katyusha,* m'a fait réfléchir sur eux. Est-ce qu'ils se sont aimés à un moment donné dans le passé ? Et si oui, comment étaient-ils ensemble à l'époque ? Et puis maintenant, ils ne s'occupent pas de moi, mais que se passait-il quand j'étais bébé ? Je me suis posé un tas de questions, sur le sens de notre famille, sur ma place auprès de mes parents, et ainsi de suite.

Autant d'interrogations que Ritsuko avait exprimées sur le forum de *Cinéma Love Island.* Elle expliqua qu'une foule de gens avaient aussitôt réagi à ses commentaires.

— J'ai compris à quel point c'était agréable de dire le fond de sa pensée et de se sentir écoutée.

Quel plaisir c'est de dialoguer et de sentir qu'on ne se fiche pas royalement de vos propos. C'est génial de pousser au maximum une réflexion et de constater que les gens réfléchissent avec toi, te répondent. (Ses yeux pétillaient.) J'ai écrit plein de choses que j'avais jamais dites à personne avant : l'indifférence de mes parents, ma solitude, et ainsi de suite. J'ai reçu des tonnes de réponses de gens qui me donnaient leur avis. Certains me conseillaient d'aller voir tel ou tel film, d'autres m'encourageaient, me disaient de ne pas me laisser abattre même si j'étais triste et solitaire… C'était extraordinaire.

Son visage rayonnait.

— Ce pseudonyme de Kazumi, tu l'as utilisé dès le début ?

— Oui, oui.

— Pourquoi as-tu choisi celui-là, d'ailleurs ? Ce n'est pas un peu trop sage comme pseudo ?

— C'était le prénom de ma meilleure amie à l'école primaire, qui s'écrivait avec les idéogrammes de *paix* et *beauté*. A l'âge de dix ans, elle est partie vivre avec sa famille à Ôsaka.

— Un clin d'œil nostalgique en quelque sorte.

— Pas seulement. (Ritsuko marqua une pause.) Par admiration aussi. Enfant, je rêvais d'être Kazumi. Gentille, mignonne, intelligente, elle était super, tout le monde l'adorait. Elle ressemblait à sa mère, une femme généreuse qui m'accueillait à bras ouverts quand je venais jouer chez eux.

Minoru se moqua à nouveau :

— Je vous avais prévenu ! Elle est toujours comme ça. Un vrai roman à l'eau de rose !

— Bon, reprit Takegami, il n'y a rien d'autre concernant le choix de ce pseudonyme ?

— Non, c'est tout.

— La fille de M. Tokoroda s'appelle également Kazumi... Pure coïncidence ?

Ritsuko écarquilla les yeux, hochant la tête avec conviction :

— Absolument. Ça paraît incroyable, non ? En fait, c'est ça qui a tout déclenché.

Kazumi, alias Ritsuko, avait ouvert son cœur sur *Cinema Love Island* ainsi que sur des sites de rencontres. Elle avait confié son manque d'assurance. La monotonie de l'école. La nature superficielle de ses fréquentations. La difficulté de trouver un confident. L'absence d'un petit ami. Sa peur de l'avenir. Sa crainte de mener une vie fade, maintenant et toujours.

Et aussi, sa solitude face à ses angoisses. Le fossé grandissant qui la séparait de ses parents. L'impression que son existence passait inaperçue. Sa mère la traitait pourtant en amie, mais par simple égoïsme, parce que c'était plaisant et pratique. Elle ne lui montrait aucun signe d'affection. Ni elle, ni personne. Pas même un amoureux.

— Je n'ai pas ma place dans ce monde... Quand j'ai écrit ce que je ressentais depuis si longtemps, plein de gens m'ont soutenue, bousculée, conseillée.

Et parmi eux : *papa.*

— *Kazumi, c'est ton père...* C'est par ses mots qu'il a commencé. (Les yeux de Ritsuko s'embuèrent.) Et il a continué : *J'ai vu récemment que tu passais du temps sur ce site. J'ai lu tes commentaires avec stupéfaction. Je ne connaissais pas le fond de ton cœur, tu te sens si seule, ma princesse... ton papa est désolé.* (La voix de Ritsuko tremblotait, mais cette émotion sonnait faux, comme surjouée.) Voilà en gros ce qu'il m'a écrit. Et moi... j'avais envie de pleurer de joie.

Takegami gonfla une joue :

— Mais pourquoi as-tu été aussi bouleversée ? Tu as cru qu'il s'agissait de ton vrai père ?

Ritsuko s'esclaffa :

— Jamais de la vie ! Ça ne m'a pas traversé l'esprit une seconde.

— Jamais ?

— Oh non ! Quasi impossible qu'une chose pareille arrive sur le Net.

Takegami se tourna vers Minoru.

— Tu confirmes ? Il me semblait que les membres d'une même famille pouvaient s'y croiser par hasard, non ?

Le garçon prit un air affligé.

— Mais attendez ! Si vous ne connaissez pas à l'avance le pseudo des autres, vous avez aucun moyen de savoir qui sont réellement vos correspondants.

— Dans le cas présent, il a annoncé d'office : *C'est ton père.*

— Qu'est-ce que ça prouve, hein ? N'importe qui peut écrire ça ! Je vous rappelle que le *papa* en question, c'était Tokoroda, pas le sien à elle !

Minoru avait raison. Pourtant, Takegami restait perplexe. Pas un instant, Ritsuko n'avait nourri l'espoir – ni même envisagé l'idée – que son propre père puisse être l'auteur de ce texte… Mais alors, pourquoi une telle émotion chez la jeune fille à la lecture du message ?

— Bon, d'accord, m'sieur l'inspecteur, elle est pas complètement, complètement inimaginable, votre hypothèse. M'enfin, sur Internet, on dit presque jamais la vérité sur son identité, personne n'est dupe, c'est bidon.

— Oh ça, c'est sûr, gloussa Ritsuko. Aussi, quand *papa* a débarqué et m'a envoyé ces premiers mots, ça a été plutôt mal pris. Beaucoup de gens sur le forum se sont fâchés contre lui, ils lui en voulaient de me faire ce genre de blague tordue. Et puis, ils m'ont mise en garde contre lui en me disant de ne pas le prendre au sérieux, de ne pas rentrer dans son jeu.

Takegami répliqua posément :

— Mais tu n'as pas tenu compte de leurs avertissements…

Ritsuko l'admit sans peine :

— C'est vrai, je n'ai rien écouté.

— Qu'as-tu répondu à *papa* ? intervint Tokunaga en affichant un air très intéressé.

— Que j'étais heureuse qu'il m'ait comprise, et qu'à partir de maintenant, je lui parlerais de tout, que je voulais devenir la meilleure fille du Japon. Quelque chose comme ça.

Ritsuko avait répondu d'une traite, sourire triomphant aux lèvres, comme exaltée. Tandis que Minoru se renfrognait, signe d'un ras-le-bol croissant. Tokunaga compara avec amusement le visage des deux jeunes aux expressions si différentes.

— C'est donc ainsi que M. Tokoroda est devenu ton *papa*.

— Oui, c'est pas merveilleux ?

— Tu n'as pas pensé qu'il s'agissait de rapports père-fille assez improbables dans la réalité…

— Et alors ? Pourquoi j'aurais dû m'en faire ? Je me fichais bien que ce soit vraisemblable ou pas dans la vraie vie. Pour moi, cette relation était géniale, point final. Y a rien de mal à ça !

— Certes. Pourtant, tout à l'heure, tu n'en menais pas large quand il a été question de nous raconter votre rencontre. Tu craignais notre jugement, qu'on te prenne pour une fille bizarre… Tu peux expliquer ?

A court de réponse, Ritsuko fixa un instant Tokunaga d'un œil noir.

— J'avais peur de paraître suspecte, que vous me trouviez pas normale.

— C'était donc ça ?

— Oui. Hé, que je sache, votre travail ici, c'est de noter tout ce qui se dit sur un registre, pas de nous assommer de questions. Si vous vous taisiez un peu ?

— Oui, oui, pardon, lâcha Tokunaga, sourire crispé.

Takegami ôta ses lunettes, essuya soigneusement les verres sans aucune trace de buée et les remit sur son nez avant de poursuivre la séance :

— Les membres de *Cinema Love Island* n'ont pas dû apprécier que tu ignores leurs avertissements ?

— Oh non ! J'ai croulé sous les critiques. Mais ça ne les regardait pas, tous ces gens.

— Je vois.

— *Papa* et *Kazumi* étaient père et fille. Moi, j'avais trouvé un père sur le Net. Un modèle du genre, comme j'en avais toujours rêvé. Et j'aurais laissé de parfaits inconnus me le reprocher !

Elle avait trouvé un homme prêt à écouter ses tourments, en mesure de lui prodiguer des conseils sincères, un père tourné avant tout vers le bonheur de sa fille, compréhensif et tendre avec elle, et qui exprimerait ses pensées avec de belles phrases.

Mais ce *papa* était aussi un parfait inconnu.

— Je leur ai renvoyé un mot bien senti, les priant de ne plus se mêler de mes affaires. Après, ils l'ont bouclé.

— Ils l'ont prise pour une cinglée, dit Minoru, pouce mollement dirigé sur Ritsuko. Ils ont tous pensé : *Eh bien, vas-y, te prive pas, si tu veux jouer au papa et à sa fifille !*

Changement d'expression subit chez Ritsuko. Un méchant sourire se dessina sur son visage jusque-là rayonnant. Elle interpella le garçon :

— Tous les autres, je veux bien le croire. Mais pas toi !

Minoru émit un petit ricanement, sa bouche se tordit en un rictus moqueur, puis il allongea brusquement les jambes. Sans lui laisser le temps de prononcer un seul mot, Ritsuko le devança :

— Cela faisait quinze jours à peine que *papa* et moi échangions sur le Net en entretenant les meilleures relations du monde, quand il a débarqué, celui-là, et s'est présenté comme mon *petit frère Minoru*.

9

Sur le coup, un silence absolu régna dans la pièce.

— C'était une bonne occasion pour me marrer un peu, grogna Minoru. (Il redressa ses maigres épaules, croisa les bras et commença à remuer nerveusement les jambes.) Elle jouait son rôle à fond, mais les trucs qu'elle écrivait à son *papa*… tellement affligeants, que j'ai eu envie de la titiller un peu.

Ritsuko riait :

— N'importe quoi ! Pourquoi t'avoues pas que t'étais jaloux ?

— Jaloux, moi ? Tu te gourerais pas de personne, par hasard ?

Minoru bondit de sa chaise. Takegami l'arrêta prestement d'une main :

— Inutile d'élever le ton.

— Désolé.

Le garçon se calma instantanément et se rassit.

— Pas besoin de t'excuser. Tant qu'on discute tranquillement, tout va bien. C'est valable aussi pour toi, Ritsuko.

Ritsuko effaça son sourire. Elle se leva pour éloigner ostensiblement sa chaise de celle du garçon.

— Donc, c'est vrai ? Tu t'es présenté de ton plein gré comme son *petit frère Minoru* ?

Minoru laissa passer une poignée de secondes avant d'acquiescer d'un signe de tête à la question de Takegami.

— Là aussi, par l'intermédiaire du site *Cinéma Love Island*, j'imagine ?

— Ou… i.

— En postant un message sur le forum ?

— Ouais.

— Et qu'est-ce que tu disais ?

Comme Ritsuko allait ouvrir la bouche, c'est elle, cette fois, que Takegami arrêta d'un geste de la main. Minoru fronça les sourcils, creusant des plis improbables sur son front lisse. Il fixa la table un long moment, puis répondit d'une voix basse :

— J'ai parlé d'un film en exclusivité… que le père et la fille prétendaient avoir vu ensemble.

— Tu veux dire *papa* et *Kazumi* ?

— Oui. Attendez… Quel film déjà… ? Le dernier De Niro, je crois. Pas sûr. J'arrive pas à retrouver le titre.

— Peu importe. Et alors ?

Minoru relâcha les épaules.

— J'ai écrit un truc du style : *Vous êtes comme cul et chemise tous les deux. Hé ! le père et la fille, vous faites quoi des autres membres de la famille ? Et moi, le petit frère Minoru, vous l'oubliez ?*

— Qu'est-ce que *papa* et *Kazumi* ont répondu ?

— *Mais non, Minoru !* Ou quelque chose comme ça.

Ritsuko prit la parole :

— On t'a surtout proposé de venir avec nous au cinéma, tu le sais bien. T'as pas voulu, d'ailleurs. *Papa* a écrit : *Tiens, voilà Minoru qui se joint à nous !* A partir de là, on s'est mis à chatter tous les trois, et ça a attiré beaucoup de curieux.

L'entrée en scène d'un nouveau membre de la famille avait dû éveiller l'intérêt des autres internautes.

— Tu confirmes les faits ? demanda Takegami à Ritsuko.

— Ouais. Sauf pour le film. C'était pas le dernier De Niro. Mais un autre, avec Kevin Spacey, qui a gagné un Oscar.

— *American Beauty ?* avança Tokunaga.

— Exact ! Vous aimez le cinéma, monsieur le secrétaire questionneur ?

Ignorant la question de la jeune fille, Tokunaga se contenta de préciser :

— C'est l'histoire d'une famille qui se désagrège.

— Ainsi, continua Takegami, vous êtes vraiment allés voir ce film tous les deux ?

— Non, mais non ! Vous n'avez pas bien saisi, monsieur l'inspecteur ! A ce moment-là, je ne savais pas encore qui était *papa*, ni d'où il sortait.

— Dans ce cas, ça n'a pas été évident de raconter par écrit ce film soi-disant vu ensemble ?

— Si, si ! Parce qu'en fait, comment dire ? On a accordé nos violons. La veille, *papa* m'avait envoyé un mail où il parlait d'*American Beauty* qu'il venait de voir. Moi, j'avais seulement lu des articles à ce sujet dans les magazines. Alors, j'ai embrayé sur le même thème et je lui ai renvoyé un commentaire. A la suite de ça, *papa* a posté un message sur le forum de *Cinéma Love Island*, disant qu'il était allé voir le film avec sa fille. Tout simplement. (Ritsuko esquissa un sourire railleur.) C'était pas bien difficile !

Pas bien difficile, mais assez peu compréhensible.

— Dis-moi, vous n'avez pas été surpris, toi ou *papa*, de voir surgir quelqu'un qui prétendait être le *petit frère* ?

— Moi si, un peu. Mais *papa*, non.

— Tu sais pourquoi ?

— A l'époque, je n'avais pas compris, mais M. Tokoroda me l'a expliqué plus tard.

— Au cours de votre *réunion de famille* ?

— Ouais. Quand il a commencé à jouer au papa avec moi, il se doutait que d'autres personnes voudraient bientôt devenir des membres de notre famille, il était content, parce qu'il trouvait qu'une grande famille, ce serait bien plus amusant. (Son regard croisa celui de Minoru.) Tu étais là, toi aussi. Tu te souviens, non, qu'il a dit ça ?

Le garçon ne répondit rien. Puis, au bout d'un certain temps, il murmura :

— Je voulais t'en faire baver, mais après je me suis laissé embarquer dans cette histoire. J'ai été con, moi aussi !

— Mais non, tu n'as rien d'un idiot ! le rassura Ritsuko, d'un ton soudain conciliant. Tu te sentais seul, tout bêtement.

Minoru se détourna en laissant échapper un *pfff !* agacé qui parvint aux oreilles de Takegami, mais pas de Ritsuko apparemment, puisqu'elle poursuivit avec émotion :

— On souffre tous de solitude. Dans la vraie vie, on arrive pas à faire comprendre aux autres qui on est, et nous-même, on sait plus très bien qui on est réellement, pas étonnant qu'on se sente seul. On a besoin de liens affectifs. Toi aussi, tu es venu vers *papa* en cherchant auprès de lui ce que ton vrai père ne pouvait pas te donner. Ton air de crâner et de te moquer de moi, c'est rien que du bluff !

Minoru tourna la tête pour regarder Ritsuko. Ses yeux pâles brillaient, éclairés par un rayon de soleil provenant de la fenêtre.

— Cette façon d'interpréter les choses… si tu savais à quel point ça me débecte… Pour moi, y a pas pire ! insista-t-il en détachant bien ses mots. *Qui suis-je ?* Tu crois que c'est pour ça que je vais sur le Net ? Tu rêves, ma pauvre fille, quelle conne !

Ritsuko resta imperméable à l'attaque. Son regard exprimait plutôt de la compassion.

— Ça me dérange pas que tu joues le fier-à-bras. T'es si seul que tu peux pas t'empêcher de la ramener. Je comprends ça. Alors, quand on s'est rencontrés pour de bon et que j'ai découvert que tu avais mon âge en vrai, j'ai continué à te considérer comme mon petit frère… Et maintenant encore, je pense pareil, murmura-t-elle avec une certaine emphase.

— Aïe ! s'écria soudain Kazumi, qui inspecta les doigts de sa main droite. Ah zut ! Je me suis cassé un ongle !

Chikako lui prit la main. Très long, celui de son auriculaire était effectivement ébréché. Ses ongles soigneusement manucurés révélaient que la jeune fille devait d'ordinaire les recouvrir de vernis, mais pas aujourd'hui, ils étaient à nu et fragiles.

— Tu ne peux pas le laisser comme ça. Il faut le couper un peu, conseilla l'agent Fuchigami sur le point de se lever.

Kazumi secoua la tête.

— Non, je ne veux pas. Vous n'auriez pas du sparadrap pour le protéger ?

Fuchigami sortit en vitesse de la pièce. Chikako jeta un œil à travers la glace sans tain et vit Ritsuko et Minoru en pleine discussion. Le garçon ne mâchait pas ses mots concernant sa voisine, laquelle avait l'air d'une sœur aînée qui fait la leçon à son petit frère.

— Je déteste quand tu fais ta *madame je sais tout.*

— Oh, tu n'es pas très gentil.

Son petit doigt à l'ongle abîmé entre les lèvres, Kazumi scrutait les deux jeunes en face d'elle. Les observant elle aussi, Chikako leur trouva le regard franc. A la différence de Kazumi. Ses yeux ne reflétaient rien sinon la lumière renvoyée par le miroir. Son regard ne trahissait aucun sentiment tandis qu'elle étudiait Minoru et Ritsuko dans leurs rôles de frère et sœur.

— Qu'en penses-tu ? demanda doucement Chikako. Quand tu vois leurs gestes, leur visage et que tu les entends, il n'y a rien qui retient ton attention ? Ça ne fait pas tilt dans ta mémoire ?

Kazumi répondit quelque chose à mi-voix sans tourner la tête.

— Quoi ?

Chikako approcha l'oreille, n'ayant pas bien saisi ses paroles.

— Il lui ressemble… dit tout bas Kazumi, avant de pointer l'index gauche sur Minoru. Lui, il ressemble au type que j'ai aperçu sur le parking du supermarché.

Chikako feuilleta ses notes.

— Tu n'avais pas entendu sa voix, n'est-ce pas, tu étais trop loin ?

— Oui. Mais j'ai vu les gestes qu'il faisait en parlant et la façon dont il se tenait. Eh bien, lui, tout à l'heure, il a eu la même attitude.

Elle colla les deux poings sur la table, prête à bondir sur ses pieds.

— Il s'est penché en avant de la même manière, et a crié très fort.

Elle faisait référence à la posture de Minoru lorsqu'il avait hurlé à Takegami : « Vous n'avez aucune raison de me soupçonner ! »

— En le voyant à cet instant-là, j'ai compris que c'était lui. On se tient penché comme ça le dos courbé quand on parle au chauffeur d'une voiture à travers la vitre, non ?

— Mmm… oui.

— A quelle date déjà, j'ai aperçu mon père avec quelqu'un sur le parking ? Je ne me souviens plus ce que j'ai dit.

Kazumi essaya une fois de plus de jeter un œil sur les notes de Chikako, qui les mit délicatement hors de sa vue.

— C'est si important ?

— Eh bien, tout le problème est de savoir si c'était avant ou après leur première réunion *offline*, pas vrai ?

— Le problème ?

— Ben oui ! Si ce que j'ai vu s'est produit avant qu'ils se rencontrent tous les quatre et découvrent leur véritable identité, ça veut dire que Minoru ment. Et qu'il connaissait mon père avant cette réunion, vous ne croyez pas ?

— Exact, acquiesça Chikako. Vue sous cet angle, cette question de dates a son importance.

Kazumi fronça les sourcils.

— Mais comment pouvez-vous rester aussi calme ? Il faut vérifier, et vite !

En réponse à ce ton agressif, Chikako prononça des paroles apaisantes :

— Attends, Kazumi, tu as reconnu que dans les trois cas, en incluant cette histoire de harceleur, tu te souvenais bien de ce que tu avais vu, mais pas de la date exacte. Si on te pose des tas de questions à la fois, c'est normal de tout mélanger à la fin, la mémoire peut jouer des tours.

— Je l'ai dit ! J'ai dit quand c'était !

— *Au cours des six derniers mois*, voilà ce que tu as déclaré. C'est assez vague, quand même.

— J'ai été plus précise que ça !

Tout juste de retour, l'agent Fuchigami tendit un pansement à Kazumi. L'esprit occupé par sa discussion avec Chikako, la jeune fille se contenta de prendre le sparadrap et de le garder dans le creux de la main.

Chikako lui toucha légèrement l'épaule.

— Allez, ne te tracasse pas trop à ce sujet. C'est notre travail de repérer les liens entre tous les éléments dont nous disposons, aussi infimes soient-ils. Ce que nous attendons de toi, c'est que tu confirmes si oui ou non les inconnus que tu as aperçus avec ton père ressemblent à ceux que nous avons convoqués aujourd'hui. Observe attentivement le visage de ces deux jeunes, écoute bien leurs voix, et dis-nous si ça te rappelle d'autres souvenirs. C'est tout.

Kazumi secoua l'épaule pour se débarrasser de la main de Chikako. Elle retira le plastique protecteur du pansement et se mit à envelopper son ongle ébréché.

— Je suis vraiment désolée, dit Chikako.

Les mots lui étaient venus naturellement, reflet sincère de ses sentiments.

Kazumi lui jeta un regard interrogateur. Le pansement maladroitement enroulé à l'extrémité de son auriculaire lui donnait une drôle de forme.

— Pourquoi vous excusez-vous ?

— Eh bien, je pense que c'est une épreuve pour toi d'être ici et que ce n'était pas une bonne idée de te demander de venir.

Visiblement troublée, Kazumi détourna les yeux.

— Je vais y arriver.

— Je le sais bien, vu ton tempérament. Mais c'est éprouvant. Forcément éprouvant.

De l'autre côté de la glace sans tain, Ritsuko parlait à Takegami avec des gesticulations frénétiques, sans se préoccuper de Minoru qui lui tournait le dos, la mine boudeuse.

— Le cœur est quelque chose d'invisible, vous êtes bien d'accord, monsieur l'inspecteur ? Quand les gens sont ensemble, ils voient leurs visages respectifs. L'apparence extérieure. Rien d'autre. Les vraies relations intimes vont au-delà de ça. Quand je ris, mes amis ou mes parents croient bêtement que c'est parce que je suis contente. Ils ne s'aperçoivent pas que je cache mon vrai moi et que j'essaie de m'adapter : je fais comme si je pensais ou ressentais les mêmes choses que tout le monde, et ça me demande des efforts insensés. Personne ne me regarde jamais comme un être humain. Je fais partie du paysage, point final. Mais en surfant sur Internet, je peux ouvrir mon cœur et rencontrer des personnes qui comprendront qui je suis réellement.

Lunettes perchées sur l'arête du nez, Takegami était tout ouïe devant ce discours passionné.

— Je déteste les gens de son espèce ! s'écria Kazumi.

— C'est-à-dire ?

Kazumi désigna Ritsuko :

— Ceux qui ne peuvent pas prononcer deux mots sans parler de *relations intimes*, de *qui je suis vraiment,* et tout le tralala. Je les ai en horreur.

Chikako sourit. Kazumi l'interpréta peut-être comme un signe d'approbation, car son profil s'adoucit, mais il ne lui rendit pas son sourire.

— Cette *Kazumi* est de la même espèce que mon père. Pas étonnant qu'ils se soient trouvés. A coup sûr, il communiquait plus facilement avec elle qu'avec moi, sa propre fille. Je comprends maintenant !

— Mais tu es furieuse, n'est-ce pas, que ton père ait créé une pseudo-famille sur Internet ?

— N'importe qui à ma place le serait, non ? Ou bien vous trouvez curieux que je sois en rage ?

Kazumi venait de poser sa question la plus sincère jusqu'à présent. Ce fut du moins le sentiment de Chikako.

— Ma mère n'est pas en colère, elle. Mais c'est son caractère. Devinez ce qu'elle m'a dit en apprenant que mon père avait une famille de substitution ? *Il se sentait seul. Il devait garder au fond de lui plein de choses qu'il n'arrivait pas à nous dire à l'une ou à l'autre. Je n'ai pas su le comprendre*. (La fille imitait à la perfection le timbre de voix maternel, de même que les expressions du visage.) Je l'ai prise pour une folle. Comment peut-on être aussi conciliant ? Alors, c'est bizarre ? Elle est bizarre, ma réaction ? Dites-moi, inspecteur Ishizu, je serais quelqu'un de méchant ?

La *Kazumi* d'en face riait maintenant tout en continuant de bavarder. La Kazumi de ce côté-ci l'observait, yeux étincelants et visage sévère.

— En fait, j'ai compris. Si mon père était toujours vivant, il se serait débrouillé pour que, tôt ou tard, ma mère et moi découvrions l'existence de cette famille de substitution. Comme s'il voulait tirer la sonnette d'alarme et nous faire des reproches : *Si j'en suis arrivé là, c'est parce que je me sentais trop seul, parce que ma femme et ma fille ne s'intéressaient pas à moi*. Le Net et les mails étaient des outils tout nouveaux pour lui, mais bien utiles pour son petit manège habituel.

Chikako demanda doucement :

— *Manège*, c'est ainsi que tu nommes le comportement de ton père ?

Sans l'ombre d'une hésitation, Kazumi répliqua :

— Absolument ! J'étais parfaitement au courant de son jeu répugnant.

A seize ans, déjà ?

Je vais vous dire : il aimait les filles jeunes et passait son temps à tromper sa femme avec des partenaires différentes. Pourquoi, à votre avis ? C'est simple : pour tomber constamment dans le mélodrame. Ça l'arrangeait. Sinon la vie manquait de piment pour lui. Vous savez, inspecteur Ishizu, mon père m'adorait quand j'étais petite. Vraiment. Qu'est-ce qu'il me gâtait ! Il me traitait en princesse. Alors, bien sûr, j'étais dingue de lui. J'étais sa fierté, aussi. Quelle merveilleuse relation, n'est-ce pas ? Pourtant, ce n'était pas moi qu'il aimait, mais la beauté de cette relation père-fille. Donc, il m'a adorée enfant, *la jolie poupée de son papa,* tant que je n'ai pas eu d'idées à moi. Maman ne vous en a pas parlé ? Je suis à peu près certaine que pendant toute cette période où j'étais la gentille et mignonne Kazumi, il s'est calmé et a moins couru les filles. Ma mère a bien dû le remarquer. Mais bon, ce n'est pas pour autant qu'elle s'est posé des questions. Allez savoir si mon père avait choisi d'épouser ma mère à cause de son caractère docile, ou bien s'il avait réussi à *dompter* sa femme qui avait à l'origine des opinions personnelles.

(Kazumi leva les yeux au ciel et serra un poing agacé.)

Mais je ne suis pas comme elle, moi. C'est normal, non, quand on atteint l'âge adulte, de donner son avis et de ne pas adhérer aux conceptions égoïstes de son père. Mais il n'aimait pas ça. Tout ce qu'il souhaitait, c'était que je reste éternellement sa mignonne petite chose, que je l'écoute, et que je sois conforme à la fille de ses rêves, voilà !

— Elle ressemblait à quoi, celle dont il rêvait, selon toi ? l'interrogea Chikako.

Kazumi pointa le doigt sur Kawara Ritsuko, de l'autre côté de la vitre, dont les propos enflammés commençaient à devenir répétitifs.

— A une fille dans son genre. A la recherche de son vrai moi, qui veut être aimée et comprise, qui a besoin d'avoir une place bien déterminée quelque part. Quelqu'un qui angoisse dès qu'elle se retrouve seule, qui a besoin de se cramponner à un homme. Malheureusement pour mon père, je n'étais pas ce type de mauviette. Ce n'est pas parce que j'étais sa fille que j'allais être son jouet à vie. J'aurais jamais supporté !

La voix de Chikako retentit dans l'oreillette de Takegami :

— On peut faire une pause ? Kazumi a l'air fatiguée.

Il leva aussitôt la main à l'attention de Ritsuko toujours volubile, pour lui signifier d'arrêter.

— Je comprends bien tout ce que tu me dis. Mais j'aimerais revenir au cœur du sujet, d'accord ?

— Si je suis d'accord ! (Elle fit la moue.) Mais je suis à fond dans le cœur du sujet, puisque je vous parle de notre *famille* justement, et comment nous...

— Bon, bon. Pour l'instant, on fait une pause. Un commissariat de police est loin d'être un lieu accueillant, mais on peut vous proposer une tasse de café, par exemple. Vous n'avez pas soif tous les deux ?

Kazumi fouilla dans son sac pour prendre un paquet de Kleenex au lieu d'utiliser le mouchoir proposé par l'agent Fuchigami. C'était sa première manifestation de larmes depuis son arrivée ici.

— Excusez-moi d'avoir haussé le ton.

— Ce n'est rien. Ne t'en fais pas. (L'agent Fuchigami posa son regard de l'autre côté de la glace sans tain.) Dès qu'ils se seront un peu calmés en face, je t'apporte quelque chose à boire. Qu'est-ce que tu voudrais ? Si je me souviens bien, c'est le Coca light que tu aimes, toi ?

L'adolescente eut un petit rire moqueur :

— Vous avez ça dans votre commissariat ?

— Eh bien, oui, nous avons un distributeur automatique ! rétorqua Chikako sur le même ton.

Lorsque Fuchigami sortit chercher la boisson, Kazumi avait déjà séché ses larmes. Et bien que son ombre à paupière ait légèrement coulé, elle n'essayait pas d'arranger son maquillage.

— Dis-moi, Kazumi, tu as sûrement des projets d'avenir que tu rêves de réaliser.

— Ah oui, pourquoi ?

— Oh, comme ça. Tu m'as l'air si solide, je me disais que tu avais dû y penser.

Après un temps de réflexion, Kazumi répondit :

— Dans l'avenir… avant tout, je veux être indépendante.

— En ayant un travail ?

— Oui. Pour être indépendante financièrement.

— C'est une idée très répandue chez les jeunes filles d'aujourd'hui, je crois.

— Pas dans votre temps ?

— La plupart des professions étaient fermées aux filles. Ce sont les circonstances qui m'ont amenée là. Je ne recherchais pas un travail pour devenir indépendante comme toi. J'y ai été obligée. C'est pour des raisons familiales qu'il m'a fallu trouver un emploi.

— J'aurais préféré être dans cette situation, moi aussi. Vous avez eu… de la chance… Je vous… envie, lâcha Kazumi. (Ces mots lui arrachèrent un sourire.) Mes amis m'ont dit que j'étais un peu ringarde. Si j'étais née à votre époque, peut-être que rien de tout ça ne serait arrivé.

Rien de tout ça ? Rien de quoi ? Chikako ne lui posa pas la question, et fit en sorte que Kazumi ne remarque pas qu'elle évitait volontairement le sujet.

— Une jeune femme, consciente de ses compétences, qui vise l'indépendance financière ? Je ne vois pas ce qu'il y a de démodé là-dedans. Il n'y a que de nos jours que c'est possible.

Kazumi secoua la tête.

— Non, je fais référence à ce qui se passait avant le désir d'indépendance des femmes. Autrefois, les femmes n'avaient pas à réfléchir à tout ça et à se torturer l'esprit sur la façon dont elles voulaient vivre. Vous venez de m'expliquer que vous n'aviez pas eu le choix, n'est-ce pas, que les circonstances en avaient décidé pour vous ?

Choisir sa vie ? Aucun doute là-dessus, Chikako n'avait pas connu cette liberté. De là à s'entendre dire par une fille de la jeune génération qu'elle l'enviait d'avoir vécu cette époque…

— Moi, c'est simple, je refuse de devenir comme ma mère ! (Catégorique, Kazumi ne prenait pas la peine d'adoucir son cruel rejet maternel par de belles paroles.) S'accrocher à un homme comme un parasite. Vivre dans l'ombre, sans vie à soi… quelle horreur, très peu pour moi !

— Tu en as déjà discuté avec ta mère ?

Kazumi ouvrit grand les yeux.

— Oh là là, non ! Je ne pourrais jamais lui dire ça en face !

— Tu aurais l'impression de l'humilier ?

— Ce serait le cas, non ?

— C'est ce que tu crois, mais ta mère a peut-être son avis là-dessus.

— Ça, ça m'étonnerait, rétorqua Kazumi d'un ton méprisant. Si elle pensait un tant soit peu par elle-même, ma mère n'aurait pas accepté en silence l'inconstance de son mari qui sautait d'une amourette à l'autre.

On en revient toujours au même point, songea Chikako. *A la colère de Kazumi, à sa douleur.*

— Mon père adorait faire de grands discours mettant en avant son expérience de la vie. A côté de ça, il ne réfléchissait jamais à ce que son infidélité faisait subir à ma mère. Et elle, pas un mot, elle le laissait faire, point. Pendant que moi, je me demandais : *Mais c'est quoi, ce couple ?* Tout ça me dépasse.

— Les enfants ont souvent du mal à comprendre les relations conjugales de leurs parents.

Une lueur brilla dans les yeux de Kazumi :

— Oh ! On m'a déjà sorti ce genre de réflexion.

— Qui, ta mère ?

— Mouais. Il lui en faisait voir de toutes les couleurs avec ses histoires de cul, à tel point que je lui ai conseillé de divorcer... Je devais avoir quatorze ans.

— Tu étais déjà au courant pour ton père ?

— Bien sûr ! Il suffisait de regarder sa mine réjouie, et puis les filles l'appelaient directement à la maison.

— Et ta mère, qu'a-t-elle répondu quand tu lui en as parlé ?

— Que les enfants ne devraient pas dire à leurs parents de divorcer, que mon père avait plein de qualités, qu'ils formaient un couple, et qu'entre mari et femme, il y avait des choses connues d'eux seuls. (Kazumi mordilla son doigt entouré d'un pansement.) Et moi, j'ai pensé : *J'aime autant pas être au courant.*

Chikako sourit :

— Tu étais sans doute un peu trop jeune pour en juger.

— Vous sous-entendez que je comprendrai mieux la réaction de ma mère quand je me marierai ? (Kazumi ferma les yeux, l'air excédé.) Je ne comprends pas, mais alors, pas du tout, et je ne veux même pas essayer. D'ailleurs, je n'épouserai jamais un homme comme mon père !

C'était la déclaration forcément partiale d'une jeune fille à l'âme encore naïve et émotive, et animée par des convictions fortes et tranchées.

Un paramètre à prendre en compte évidemment par Chikako, mais elle ne put s'empêcher de méditer sur l'origine du malheur des trois Tokoroda, Ryôsuke, Harue et Kazumi. Il y avait là un fait incontestable, sur lequel on ne s'étend pas dans les repas de familles : si certains parents et enfants s'entendent bien grâce à leurs affinités, d'autres ont des caractères incompatibles, et ces liens de sang étouffants peuvent devenir maléfiques.

Avec le temps, peut-être auraient-ils réussi à s'apprivoiser, à prendre le recul nécessaire, à vivre sans se blesser. Mais le temps avait manqué à la famille Tokoroda.

Nom : Papa
Message posté le 18/09 à 00:19
Titre : C'est papa

Kazumi, c'est ton père.
J'imagine ta surprise. Pourtant, c'est bien moi, ton papa.
Hier, je suis tombé par hasard sur le site que tu fréquentes.
Je peux t'assurer que, moi aussi, j'ai été surpris.
Tu as sûrement fait connaissance avec plein de gentils internautes. C'est pourquoi tu peux te confier de façon aussi naturelle. Et moi, ça m'a permis de connaître la véritable Kazumi.
Je ne me suis jamais excusé. Je n'avais rien compris de ce que tu ressentais vraiment. A partir de maintenant, je veux qu'on se parle plus, beaucoup plus, pour construire une belle relation ensemble.
Tu peux me pardonner? Et accepter mon engagement paternel tout neuf?

10

Au bruit du petit coup frappé à la porte qui s'ouvrait, Tokoroda Harue redressa la tête. Les yeux rouges d'avoir pleuré, elle serrait un mouchoir dans la main.

— Comment allez-vous ? demanda le plus doucement possible Chikako à peine entrée dans la pièce. Vous avez pu jeter un œil à toutes ces affaires ?

— Oui, acquiesça Harue, essuyant promptement ses larmes avant de se lever. Je suis navrée d'avoir mis aussi longtemps. Mais cela a éveillé en moi tellement de souvenirs. (Les objets posés pêle-mêle sur la table étaient désormais bien ordonnés. Elle s'y était employée avec minutie.) J'ai séparé les effets personnels de mon mari et mis ceux qui devraient être retournés à son entreprise de ce côté-là. (Harue indiqua la partie droite de la table, où se trouvait également une sorte de cordon. Elle s'en empara.) Je ne vois vraiment pas à quoi ça peut servir, marmonna-t-elle.

— On dirait un câble pour relier un périphérique à l'ordinateur.

— Ah, voilà…

— Votre époux possédait un ordinateur portable. Vous le saviez, naturellement ?

— Oui. Mais je ne le vois pas ici.

— Effectivement. Je vous prie de nous excuser, mais nous le gardons encore un peu. En tout cas, celui ou celle qui a rapporté juste le câble, sans l'appareil, qu'on ne peut vous remettre pour l'instant, est soit très consciencieux, soit très étourdi.

Chikako s'efforça de sourire, et la bouche de Harue esquissa aussi un léger mouvement.

— Je ne m'y connais pas du tout en ordinateurs… Les machines, vous savez, ce n'est pas mon fort. Mon mari avait bien essayé de m'apprendre, mais je ne comprenais absolument rien. Au début, lui non plus n'avait aucune connaissance dans ce domaine, ce sont les jeunes à son travail qui étaient obligés de lui montrer sans arrêt comment faire. A sa grande honte. Alors, il s'était décidé et avait commencé à étudier sérieusement la question.

Chikako eut soudain à l'esprit les paroles de Kitajô Minoru concernant Tokoroda Ryôsuke : *J'avais bien senti que c'était pas trop son truc, les ordinateurs.*

— Votre mari prenait des cours d'informatique ?

— Oh non, tout de même pas. Il avait acheté quantité de livres et, pendant toute une période, il est resté des heures face à son écran, jusque tard dans la nuit.

— Quand était-ce à peu près ?

— Voyons voir… Il y a deux ans, je crois.

Harue prit un livre dans la pile des objets qui devaient être restitués à la société Orion Foods. A sa couverture, on reconnaissait un manuel d'introduction à Internet.

— Celui-ci porte le tampon du service des affaires générales de son entreprise. Il l'a sans doute emprunté sans jamais le rendre.

— Ce sont des choses qui arrivent, vous savez.

Harue le reposa soigneusement sur la table.

— Dites, cela me rendrait un grand service si vous pouviez me procurer un sac en papier ou une boîte en carton.

— Je vous trouve ça tout de suite. Oh, madame Tokoroda, permettez-moi de vous poser une question : est-ce que quelqu'un est venu pendant que vous étiez occupée ici ?

— Une femme a apporté du café… Pourquoi, il y aurait un problème ?

— Non, non. Je voulais simplement m'assurer que personne ne vous avait importunée. Et puis, je suis réellement désolée, mais la présence de Kazumi au commissariat risque de se prolonger un peu. Que souhaitez-vous faire ? Voulez-vous attendre ?

Tout en interrogeant Harue, Chikako la fixait droit dans les yeux. Ce qui lui importait avant tout, c'était de savoir si cette femme cherchait à fuir son regard.

Mais Harue ne se dérobait pas. Dans ses prunelles ne se lisait rien d'autre que l'angoisse maternelle.

— Est-ce que je pourrais attendre ?

— Bien sûr. Je vais vous trouver un endroit plus confortable.

— Cela ne me dérange pas de rester ici. Et puis, je voudrais empaqueter toutes ces choses. Seulement, eh bien…

— Oui, qu'y a-t-il ?

— Est-ce que Kazumi vous est vraiment utile dans votre enquête ?

D'un geste, Chikako l'invita à se rasseoir. La mère accablée se laissa tomber sur sa chaise.

— Vous vous inquiétez beaucoup à ce sujet, depuis le départ, n'est-ce pas ? Rappelez-vous ce que je vous ai déjà expliqué : le témoignage de Kazumi nous est précieux, mais nous n'avons nullement l'intention de laisser votre fille porter à elle seule la lourde charge de l'accusation, jamais nous ne…

— Oui, oui, je comprends, l'interrompit Harue. Simplement, je… ce que… je crois à présent… mes propos vont peut-être vous sembler irresponsables de la part d'une mère…

Les émotions de Harue cherchaient clairement à s'extraire de son corps pour s'exprimer. Chikako patienta.

— J'ai passé la journée ici, j'ai eu le temps de réfléchir à toutes ses déclarations, et soudain, j'ai perdu confiance.

— Perdu confiance ?

— Oui. Je me demande si Kazumi ne fait pas une erreur quand elle affirme avoir vu mon mari en compagnie d'inconnus… et ce, à plusieurs reprises. Est-ce qu'elle ne se ferait pas des idées ? C'est ce qui s'est passé avec cette histoire de harceleur, non ?

Chikako acquiesça lentement.

— C'est donc ce que vous pensez ?

— A la suite de cette affaire de harceleur, nous avons eu droit à la protection de la police et causé bien des dérangements. Et maintenant, avec cette nouvelle histoire, s'il était juste question pour Kazumi de faire sa déposition sur ce qu'elle avait vu… mais de là à convoquer des gens, à les confronter à elle de l'autre côté d'une glace sans tain… Quand je vois tout le mal que vous vous donnez et le temps que vous y passez, si elle se trompait encore… je ne saurais comment m'excuser.

— Je vous en prie, ne vous préoccupez pas de cela. C'est notre travail de vérifier les points d'incertitude, l'un après l'autre, même le plus insignifiant.

Tout en parlant, Chikako observait le fond des prunelles de Harue où pas même l'ombre d'un mensonge n'était perceptible. Ne s'y reflétaient que des sentiments conformes à ses paroles.

Les mères sont des êtres tristes. Nous sommes tristes, nous, les mères. Laissées à l'écart. Seules.

Submergée par cette émotion intense, Chikako s'efforça de ravaler les mots qui lui montaient à la gorge.

— Je vais chercher de quoi emballer vos affaires, annonça-t-elle en se levant. Et elle sortit précipitamment dans le couloir, afin de dissimuler à Harue son amertume.

La sonnerie de l'interphone fit sursauter de concert Kitajô Minoru et Kawara Ritsuko. Une réaction hypersensible qui donna des sueurs froides à Takegami.

Tokunaga décrocha, prononça quelques mots, puis se tourna vers l'inspecteur :

— Gami, tu peux venir un instant ?

Takegami crut, à tort, qu'il l'appelait pour le remplacer au bout du fil. En fait, c'était pour l'entraîner hors de la pièce.

— Vous allez rester ici un petit moment tous les deux, on vous laisse garder la maison, dit gaiement Takegami. Sans nous, ce sera plus reposant pour vous, hein ?

Minoru rétorqua d'un ton exaspéré :

— On sait bien qu'on sera pas seuls, ni rien de tout ça, vous allez continuer à nous mater !

Ritsuko l'interrogea à voix basse :

— Mais s'ils nous surveillent, ça veut dire qu'on est suspects ?

La réflexion de la jeune fille parvint aux oreilles de Takegami avant que Tokunaga ne lui indique la direction à prendre. Ils venaient de tourner à pas pressés dans le couloir quand ils tombèrent sur Akizu qui leur bloquait le passage.

— Oh, c'est toi ? s'exclama Tokunaga.

Akizu ouvrit une porte toute proche, poussa Takegami et son collègue à l'intérieur d'un espace exigu et referma en vitesse derrière lui. La pièce qui faisait office de débarras était bourrée à craquer d'un fatras de fournitures.

— Que se passe-t-il ? s'inquiéta illico Takegami, à la pensée de son ami dans sa chambre d'hôpital. C'est Naka ? Il y a du nouveau ? Il lui est arrivé quelque chose ?

— Non, non, rien à voir. Son état reste stationnaire, s'empressa de le rassurer Akizu. C'est pas ça…

— Il paraît qu'on l'a trouvée, l'informa Tokunaga.

— Trouvé quoi ? s'étonna Takegami, les yeux écarquillés.

— La parka bleu millénium.

Akizu lança un regard furibond à Tokunaga :

— Ah non, marche pas sur mes plates-bandes ! Me pique pas les bons plans, tu me laisses l'annoncer !

Mais je me fiche de savoir qui va m'en parler ! Takegami contrôla sa respiration :

— Où ça ?

Le toisant du haut de son imposante stature, Akizu expliqua avec sérieux :

— A six cents mètres environ au nord de la gare Higashi Kôenji, il y a un bowling qui a fait faillite et a fermé. Le Kamikita Bowling. La parka traînait dans le dépotoir.

Takegami dessina mentalement le plan : Higashi Kôenji… le bowling…

— Le commerce a cessé son activité il y a trois mois, mais vous savez comment c'est, les problèmes se sont multipliés à l'arrivée des créanciers. Le bâtiment a été laissé à l'abandon. On a entassé dehors le matériel et tout un bric-à-brac. Et enfin, ce matin, une entreprise a commencé à débarrasser l'endroit.

La parka d'un bleu vif avait surgi de ce tas d'ordures ouvert à tous vents.

De la main, Akizu désigna sa poitrine et son abdomen :

— Toute cette partie serait couverte de sang épais. Après tout ce temps, le vêtement avait dû pourrir et empestait sûrement. Sur le coup, les ouvriers sont restés bouche bée, puis très vite, l'un d'eux s'est souvenu du crime de Suginami. Ils nous ont prévenus immédiatement.

— Il y a juste la parka ?

— Oui. L'équipe médico-légale s'en est déjà emparée.

— Est-ce que ce dépotoir est accessible de l'extérieur ?

— Il se trouve derrière le bowling, entouré d'une simple clôture métallique. Rien de plus facile, je suppose, que d'y jeter quelque chose.

Takegami hocha lentement la tête.

— Extraordinaire, cette trouvaille qui arrive à point nommé, dit Tokunaga en croisant les bras. On ignore encore où tout cela va nous mener, mais vous ne trouvez pas que l'obstination de Naka commence à payer ?

Takegami se frotta la joue.

— Alors, qu'est-ce qu'on fait, Gami ?

— Ce n'est pas à moi de décider.

— Hé, te voilà bien frileux ! s'emporta Akizu, narines dilatées. Ça ne te ressemble pas.

— Sache que je suis d'une nature craintive. Et le capitaine Shimojima, il en est où ?

— Quand je l'ai laissé, il était encore cramponné à son téléphone. Et du côté de la salle d'interrogatoire, qu'est-ce que ça donne ?

— On fait une pause. Ecoute, va chercher l'inspecteur Ishizu. Je crois qu'elle est avec Mme Tokoroda dans la petite salle de réunion au rez-de-chaussée. Je vais parler à Shimojima.

— OK, OK, fit Akizu qui sortit du débarras et fila dans le couloir, suivi de Takegami et Tokunaga.

— Toi, Tokunaga, tu retournes dans la salle d'interrogatoire. Ne leur dis rien. Et pour le moment, autant ne pas en parler non plus à l'agent Fuchigami.

— Entendu.

— Et puis, débrouille-toi pour qu'ils ne quittent pas la pièce.

— D'accord, tu peux compter sur moi.

Takegami se hâta de monter vers la salle de briefing de l'équipe d'investigation. A mi-parcours de l'escalier, il vit un policier descendre quatre à quatre dans sa direction.

— Je dois vous…

— Je sais, coupa-t-il, j'ai appris la nouvelle. Où est Shimojima ?

— Chez le commissaire.

Dans le bureau d'une propreté exemplaire étaient réunis le commissaire Tachikawa, le capitaine Shimojima et le capitaine Kamiya. Premier à prendre la parole, celui-ci exprima la même idée que Tokunaga.

— C'est donc l'obstination de Naka qui nous a permis de dénicher cette parka.

— N'exagérons rien, répondit Takegami. En tout cas, tout se déroule selon le plan prévu.

— Ah oui, et comment ça se présente ? demanda Shimojima, l'air détendu.

— Pour l'instant, on ne peut rien affirmer.

— Alors, intervint Tachikawa, ce n'est pas ce qui était prévu. Voilà deux heures que vous avez commencé. Maintenant qu'on a retrouvé la parka, on peut en finir, non ?

— Si la situation évoluait grâce à la découverte de cette parka, nous pourrions effectivement en finir, reconnut Takegami. Et la petite A, qu'est-ce qu'elle en dit ?

— Nous ne l'avons pas encore mise au courant. Les journalistes ont dû flairer quelque chose puisqu'ils ont vu sortir l'équipe médico-légale, mais nous ne sommes qu'à la mi-journée. (Il était près de 3 heures de l'après-midi.) En gardant le secret, nous gagnerons du temps jusqu'au journal télévisé du soir. L'information n'est pas suffisamment importante pour que les télés interrompent leurs programmes et diffusent un bulletin spécial.

— La petite A risque de l'entendre dire par les reporters qui ne la lâchent pas d'une semelle.

— Ce serait pour nous un bon moyen de connaître sa réaction. De toute façon, ce machin a été déniché dans un dépotoir, n'est-ce pas ? Les experts pourront toujours analyser les taches de sang, mais les chances de trouver des cheveux ou des empreintes digitales sont quasiment nulles. On pourrait peut-être remonter jusqu'à l'acheteur en suivant le réseau de distribution du produit à partir de son numéro de référence, et avoir ainsi une preuve formelle, mais cela demanderait encore pas mal de temps.

Puis, ignorant les autres, Shimojima s'adressa à son supérieur :

— A moins qu'en apprenant la découverte de la parka, la petite A soit déstabilisée et se laisse aller à des révélations, la situation reste inchangée en ce qui nous concerne, nous n'avons rien de plus contre elle.

Ces propos soulagèrent Takegami : Shimojima avait à cœur de poursuivre le plan prévu.

— Higashi Kôenji… la petite A connaît-elle seulement ce secteur ?

— Ce nom n'a jamais été mentionné au cours de nos interrogatoires jusqu'ici. Vous ne l'avez pas relevé non plus, n'est-ce pas ?

— Exact. Est-ce que nous pouvons utiliser l'info sur la parka pour la presse ?

Shimojima devança le commissaire dans sa réponse.

— Bien sûr ! L'effet sera immédiat.

Le front du commissaire se creusa de rides profondes :

— Trop dangereux. Supposons que vous obteniez une preuve irréfutable de cette manière, dès que nous engagerons des poursuites, les avocats nous tomberont dessus.

— Attendez, on ne triche pas ! On ne l'a pas inventée, cette parka, elle a bien été retrouvée ! Pourquoi aurions-nous des problèmes, puisque c'est la vérité ?

— Oui, mais… C'est une confession que nous voulons. Non… plus que ça : une capitulation, rectifia Takegami calmement. C'est l'idée principale du plan, et d'ailleurs, le directeur Kasai nous a donné son accord dans cette intention.

— Inutile de me le rappeler.

— Avec la découverte de la parka, nos chances de réussite ont fait un bond. Je vous en prie, laissez-nous continuer.

Le visage empourpré, le commissaire Tachikawa s'exclama :

— Quelle belle assurance ! Rappelez-vous que nous sommes encore loin d'avoir éliminé la petite A de la liste des suspects !

— Je reconnais que, pour le moment, nous ne détenons pas de preuve formelle. D'où l'importance de clarifier la situation.

— Puis-je m'exprimer à ce sujet ?

La voix venait du fond de la pièce. Ils se retournèrent tous comme un seul homme. Ishizu Chikako se tenait debout sur le seuil.

— Veuillez m'excuser, mais vous ne m'avez pas entendue frapper.

— Et Mme Tokoroda ?

— Elle a choisi d'attendre sa fille.

— C'est bien, en effet, de l'avoir retenue.

— Elle est très inquiète. (Chikako regarda Takegami.) J'ai entendu ce qui s'est dit à propos de la parka. J'aimerais moi aussi que les choses avancent vite pour vérifier que nous faisons bonne route. Je vous en prie, laissez-nous continuer.

Takegami et Chikako inclinèrent la tête dans une même requête. Ils avaient beau avoir reçu l'aval du commandant des opérations, il était hors de question pour eux de passer outre l'avis du commissaire Tachikawa au risque de le vexer et de créer une source de discorde durable.

— Cette méthode d'investigation repose sur une supercherie, grommela Tachikawa.

Ça aussi, on le sait depuis le début, inutile de revenir là-dessus. Mais Takegami et Chikako gardèrent le silence, tête baissée.

— Bon, en stoppant maintenant, j'imagine qu'on ne connaîtrait pas le fin mot de l'histoire, dit faiblement le commissaire.

— Exactement ! confirma Shimojima.

— Mais si rien ne bouge, on met le paquet sur la petite A. Ça vous convient ?

Chikako poussa un soupir de soulagement. Takegami regarda sa montre : 3 heures 15. Il était temps de terminer la pause, Tokunaga ne devait plus savoir quoi faire.

Ils étaient déjà dans le couloir quand le capitaine Kamiya demanda brusquement à Takegami :

— Tu as contacté Torii ?

— Non, pas encore. Et lui ne s'est pas manifesté non plus. J'ai insisté pour qu'il n'intervienne qu'à la dernière minute.

Plus jeune que Takegami, l'enquêteur Torii faisait également partie de l'équipe 4 sous les ordres de Kamiya.

— Quand l'histoire de la parka va être révélée, il aura besoin de renfort. Il a du mal à gérer les changements rapides de situation.

Torii était un excellent policier, mais il manquait un peu de souplesse, et cette tendance avait créé des difficultés dans plusieurs affaires anciennes. Le sachant conscient de ses faiblesses et décidé à y remédier, Takegami s'était risqué à lui donner sa chance.

— J'envoie Akizu ?

— Il brûle d'y aller, mais ce gars-là ferait perdre la face à Torii. Je vais le rejoindre ! annonça tout net Kamiya. C'est le plus simple.

— Tu vas peut-être faire le déplacement pour rien, commenta Takegami, un mince sourire aux lèvres.

Les commissures de Kamiya se relevèrent à peine.

— Tu es sérieux ?

— Non. Mais il y a tout juste une demi-heure, j'étais sceptique. Même maintenant, si je m'arrête aux faits, je ne suis pas sûr d'être convaincu par la théorie de Naka.

— Pourtant, tu as fait preuve d'une sacrée fermeté devant le commissaire. C'était toi tout craché : assurance et prudence à la fois.

— C'est pourquoi je reprends l'idée que tu as lancée tout à l'heure.

— Sur l'obstination de Nakamoto ?

— L'apparition à point nommé de cette parka jusque-là introuvable ne serait-elle pas un signe nous indiquant la voie à suivre ?

— Possible, répondit Kamiya en s'efforçant de sourire. Mais en stage on nous a appris que ce genre de conviction provoquait des mises en accusation hâtives.

— Ça fait un bail que j'ai suivi mon dernier stage. Dix ans, précisa Takegami. Mais j'apprends encore beaucoup de Naka.

Le capitaine lui tapota l'épaule :

— Bien, tu me tiens au courant.

Sur ce, il s'en alla.

— On y va ? insista Chikako. Elle arborait comme toujours un air maternel, mais son doux sourire gardait comme une empreinte du passé.

De : Maman
A : Papa
Objet : J'étais tellement heureuse hier soir

Merci de m'avoir emmenée visiter la nouvelle maison. J'avais l'impression qu'on visitait notre maison en vrai, j'étais aux anges. Si seulement il était possible de vendre rapidement l'ancienne pour pouvoir acheter la nouvelle !
J'ai toujours connu une vie solitaire, tu sais. Et je ne crois pas que ça changera beaucoup à l'avenir. C'est pourquoi j'accorde autant de valeur à notre relation.
J'aimerais tant partager d'autres expériences avec toi. Sois rassuré, je te gênerai le moins possible, je n'irai pas t'importuner dans ta vie. Alors, n'hésite surtout pas à me faire signe.

11

Au retour de Takegami dans la salle d'interrogatoire, Ritsuko riait bruyamment. Minoru affichait un franc dédain, une expression qui le vieillissait de plusieurs années.

— Dites donc, inspecteur, il est drôlement rigolo, ce policier ! s'écria Ritsuko, en pointant le doigt sur Tokunaga collé à son bureau, impassible.

— Désolé de m'être absenté aussi longtemps.

Takegami rejoignit sa place, remit ses lunettes. La voix de Chikako retentit dans son oreillette.

— On reprend, si vous êtes d'accord. Kazumi voudrait que vous vous arrangiez pour que Ritsuko se penche en avant et parle à voix basse. Le dos tourné vers nous.

Takegami opina du chef en consultant des yeux les papiers devant lui.

— Bon, jusque-là vous nous avez raconté que votre famille virtuelle comptait trois membres, le père et ses enfants : *Kazumi*, *papa*, *Minoru*. (Takegami releva la tête et regarda tour à tour le visage de chaque jeune.) Donc, tous les trois, vous passiez d'un site à l'autre et vous échangiez des propos d'ordre familial. Mais ce n'est pas tout, n'est-ce pas ?

Minoru avança une lippe boudeuse et rétorqua :

— Ça sert à quoi de nous demander ça, vous devez le savoir, vu que vous avez fouillé l'ordi de Tokoroda ? Ah oui, c'est vrai, merde, la police, elle a le chic pour poser des questions dont elle connaît déjà les réponses.

— On s'envoyait des mails, on a créé un forum familial rien que pour nous, on chattait aussi. On bavardait en ligne, quoi, expliqua Ritsuko. M. Tokoroda… *papa* a configuré le forum et le *chatroom* pour nous.

— Quand était-ce à peu près ?

— Quand ? Dis-le, toi, tu dois savoir. (Ritsuko se tourna vers Minoru.) Moi, j'ai oublié.

Le garçon réfléchit, les yeux dans le vide :

— Vers octobre de l'année dernière, je crois.

— Et ensuite, c'est M. Tokoroda qui a géré cet espace ?

— Ouais. Mais je pense pas qu'il payait pour ça. C'est souvent gratuit ces trucs-là.

— Dans un sens, c'était votre maison de famille.

— Exact. Bravo, inspecteur, vous êtes brillant !

— Et maintenant, racontez-moi comment *maman* vous a rejoints ?

Soudain hésitante, Ritsuko lança un regard de côté à Minoru. Sans lui prêter attention, celui-ci s'adressa directement à Takegami :

— Elle était arrivée là par hasard.

— Par hasard ?

— Oui. On avait configuré le forum. Elle a dû tomber dessus en tapant *famille* ou *maison* sur un moteur de recherche. C'était en fin d'année dernière. A Noël, je crois bien. Minoru haussa ses maigres épaules et ajouta sèchement : Mais bon, ça serait plus simple d'interroger directement la principale intéressée, non ? Me dites pas qu'elle est pas là. Allez, arrêtez de tourner autour du pot, bordel !

— D'accord, d'accord. Bon, je l'appelle maintenant ? C'est mieux que vous soyez là, non ?

— Dites, inspecteur... (Ritsuko devenait nerveuse.) Comme l'a dit Minoru, je l'ai soupçonnée, c'est vrai, et...

Takegami resta silencieux.

— Juste après l'assassinat de M. Tokoroda, j'ai reçu un mail de sa part. Elle me disait qu'il était arrivé quelque chose de terrible à *papa*. Sur le coup, je l'ai crue responsable. J'étais sous le choc, vous comprenez...

— C'est pourquoi tu lui as renvoyé un message où tu lui demandais : *C'est toi qui l'as tué ?*

Ritsuko frissonna :

— Oh, quelle horreur, et vous me jetez ça en pleine figure ! Comment j'ai pu écrire ça, c'est ignoble !

— Ignoble, non, mais je ne peux pas laisser passer une question pareille.

— Ça m'a échappé, je vous dis, j'étais gagnée par l'émotion...

Minoru s'immisça promptement dans la conversation.

— On s'entendait pas trop bien. (Et là, comme pour prendre la défense de Ritsuko :) C'est resté toujours hyper compliqué. Mais bon, ça aussi, vous l'avez appris avec l'ordi de Tokoroda. Je me trompe ?

— Non. Nous avons remarqué que tes mails étaient les moins nombreux. (Takegami consulta ses notes.) Nous avons vu tous les messages de Tokoroda depuis celui qu'il a envoyé à *Kazumi*, le 15 janvier dernier à 10 heures du soir, jusqu'à celui du 26 avril, veille de sa mort, envoyé à *maman* dans l'après-midi... sans doute depuis son bureau pendant la pause-déjeuner.

— P'têt bien, dit Minoru avec un haussement d'épaules.

— Tokoroda correspondait beaucoup avec *Kazumi* et *maman*. Mais très peu avec toi. Vos échanges diminuent au fil des mois.

— J'en avais ma claque, je voulais en finir avec cette histoire, expliqua Minoru. Faut dire, je suis pas comme elle, qui se réfugie sur le Net pour fuir sa vie misérable.

— Moi ? Pas du tout ! protesta Ritsuko.

— Je ne sais pas si tu voulais en finir, en tout cas, tu as participé à la rencontre *offline* du 3 avril. Exact ? interrogea Takegami.

— C'était notre première réunion de famille. La dernière, aussi, vu la tournure des événements. Ça m'intriguait. J'avais envie de voir leurs tronches en vrai. Alors, j'y suis allé.

Par-dessus ses lunettes, Takegami fixa le visage de Minoru. Le garçon commençait à perdre son calme. Il croisa de nouveau les jambes, faisant crisser sa chaise sur le sol.

— Ecoutez, je vais vous demander à tous les deux de nous laisser seuls un instant. Je voudrais entendre la version de *maman*. Ça ne vous ennuie pas d'attendre dans une autre pièce ? Je vous rappelle tout de suite.

Ritsuko fit la grimace.

— Si on est pas là, cette bonne femme va vous raconter que ce qui l'arrange !

— On vous fera entendre tout ce qu'elle va dire.

Takegami donna un coup de fil à l'agent en faction qui vint chercher les deux jeunes. Minoru sortit le premier, traînant un peu les pieds. Ritsuko s'apprêtait à le suivre dans le couloir quand Takegami la rappela.

— Viens voir une seconde.

Séparé d'elle par la table, il lui fit signe du doigt de s'approcher jusqu'à ce qu'elle se retrouve penchée vers lui, et là, il chuchota :

— Réponds-moi tout bas : tu as peur de Minoru ?

Sur le coup, Ritsuko écarquilla les yeux, puis elle répondit dans un murmure :

— Oui, un peu.
— Tu le soupçonnes ?
— Eh ben…
— Pendant que tu seras dans l'autre pièce, il ne faut pas lui parler. Un policier va rester avec vous, alors tu ne dis pas un mot, compris ?
— Compris, acquiesça docilement Ritsuko avant de se hâter vers le couloir comme pour prendre la fuite.

Chikako observa le profil de Kazumi, menton en avant, lèvres serrées, yeux fixés sur la glace sans tain.
— Ça lui ressemble, dit faiblement la jeune fille. Je crois bien maintenant que c'est elle que j'ai aperçue sur le parking du supermarché.
— Et pas Kitajô Minoru ?
— Non. Pour la personne que j'ai vue sur le quai de la gare, je ne sais pas trop. J'ai pu me faire des idées, c'était peut-être juste quelqu'un du quartier. Comme mon père était un homme sociable et actif dans l'association de quartier, il connaissait plein de monde.
— Kazumi…
Un instant, la jeune fille parut ignorer que son nom avait été prononcé. Aucune réaction de sa part. Le vide. Soudain, ses yeux perdirent de leur intensité, et elle se tourna vers Chikako :
— Quoi ?
— Tu n'es pas fatiguée ?

— Moi ? Non, ça va. Puis, après avoir écarté ses cheveux de ses yeux, elle déclara : Je tiendrai jusqu'à la fin. Mais qu'on fasse vite venir la *maman* en question !

Kazumi fouilla dans son sac d'où elle extirpa une brosse, tandis que son téléphone portable glissait de ses genoux. Elle le rattrapa de justesse et le tint serré dans la main gauche. Ensuite, elle se mit à brosser vigoureusement ses cheveux avec des gestes saccadés, comme en colère.

Chikako dit d'une voix douce :

— Tu as passé tout l'après-midi ici, Tatsuya doit s'inquiéter pour toi.

La main de Kazumi cessa de bouger. Après une inspiration, elle expliqua :

— Il m'a envoyé un mail tout à l'heure.

— Oh, voilà pourquoi tu as répondu si vite. (Chikako eut un sourire compréhensif.) C'est normal, tu ne me contrediras pas, d'être troublée quand on reçoit un message de son petit ami.

Kazumi finit de se brosser en silence, puis entreprit d'enlever les cheveux restés sur sa brosse. Elle en fit une petite touffe et la laissa tomber à ses pieds d'un geste coutumier.

— Tatsuya travaille dans la journée, n'est-ce pas ?

— Dans une supérette, répondit Kazumi en un minimum de mots.

— Tiens ! Ce n'était pas une station-service ?

— Ça, c'était à l'époque où vous montiez la garde chez nous. Après, il a changé.

— Ah bon ? Pourtant, il paraît qu'on gagne plus d'argent dans une supérette ouverte 24/24 heures si on y travaille de nuit.

— Ouais. Mais lui, la nuit, il a un autre job.

— En effet, dans un bar, je crois. C'est un garçon courageux, dis donc.

— Il doit mettre de l'argent de côté. Il veut se lancer dans le commerce.

— Oh, ça, je ne savais pas, reconnut Chikako en se tournant vers l'agent Fuchigami.

— Et toi ?

La jeune policière sourit :

— Si, si, j'en avais entendu parler. Il veut ouvrir un petit stand de café, c'est ça ?

Kazumi rangea sa brosse et croisa les jambes.

— Oui, au début, il passera par une franchise. Il a besoin d'expérience avant de pouvoir s'installer à son compte. Et d'argent pour payer les droits d'entrée.

— Tu l'aideras ?

— J'y compte bien, mais d'abord, il faut que j'aille à l'université. (Kazumi tripota ses cheveux avec impatience.) Mais tout ça n'a pas d'importance. Qu'on commence, et vite !

De : Tokoroda Ryôsuke
A : Mita Yoshie
Objet : Excuse-moi

Je suis vraiment désolé, mais pourrions-nous reporter notre rendez-vous d'après-demain ? Est-ce que cela te conviendrait dans une semaine, vers le 30 avril ? Je suis sincèrement navré de cet empêchement, c'était tellement gentil de me contacter.

12

— Je vous en prie, prenez place, dit Takegami.

La femme avait dans les trente-cinq ans. Mince, réservée, en tailleur vert pâle impeccable. Maquillage discret. Sur son col, une broche. Elle s'était mise sur son trente et un, à l'image d'une mère qui va assister à la cérémonie d'entrée de son enfant à l'école.

— Veuillez m'excuser.

Menton pointu. Petits yeux. Lèvres pâles. Un physique pas déplaisant.

— Mita Yoshie ?

— Oui, c'est exact.

— Votre lieu de résidence, voyons voir… préfecture de Saitama, ville de Tokorozawa…

Tandis qu'il lisait à haute voix son adresse complète, la femme acquiesçait d'une légère inclinaison de la tête.

— Vous vivez seule, je crois.

— Oui.

— Vous n'êtes pas mariée.

— Non.

— Vous travaillez pour Chizuka Electrical Equipment… L'adresse qui figure là… tenez, lisez… c'est bien celle du siège social ?

— Oui, c'est le siège à Tôkyô. Je travaille à la deuxième section du service des affaires générales.

Au contraire de Minoru et Ritsuko la première fois qu'ils étaient entrés dans la pièce, elle parlait posément comme une adulte. D'une voix plutôt basse, mais distincte, donnant effectivement l'impression qu'elle avait l'habitude de répondre au téléphone dans une entreprise.

— Quels sont les postes rattachés à votre section ?

— La gestion des congés payés, le calcul des heures supplémentaires, l'administration des logements de la société… ce genre de choses.

— Je vois. Alors votre travail concerne la vie interne de l'entreprise.

— C'est pareil pour la plupart des services des affaires générales, je suppose.

Une ébauche de sourire se dessina sur son visage. Face à ce subtil changement d'expression, Takegami remarqua que son maquillage d'apparence discrète était en réalité très élaboré, appliqué avec un soin extrême.

— Depuis quand faites-vous partie de cette société ?

— Cela fera quinze ans cette année.

— Vous êtes donc une employée chevronnée.

Mita Yoshie ne répondit pas et baissa les yeux. Mains correctement posées sur les genoux. Ongles parfaitement coupés. A son annulaire droit, une bague surmontée d'une petite pierre ronde de couleur verte. Du jade peut-être.

— Pardon… (Elle s'exprimait avec un penchant naturel évident pour la discrétion.) Puis-je avoir la confirmation que ma convocation en ces murs est liée au meurtre de M. Tokoroda Ryôsuke ?

On eût dit qu'elle demandait un renseignement au téléphone auprès d'un fidèle client dans une banque.

— Oui, vous avez raison.

— Est-ce que vous me soupçonneriez ? C'est-à-dire… suis-je inculpée de meurtre ?

— Mais pourquoi cette question ?

Mita Yoshie regarda autour d'elle :

— Nous nous trouvons bien dans une salle d'interrogatoire ?

— En effet.

— C'est bien dans une pièce semblable que vous amenez les personnes suspectes, n'est-ce pas ?

— Pas forcément.

Ces réponses succinctes semblaient la désorienter. *Fort bien*, songea Takegami, car son but était justement de voir son visage lisse se troubler.

— Quand la police a pris contact avec moi… j'ai consulté une de mes connaissances.

— Je vois…

— Je pensais qu'il valait peut-être mieux faire appel à un avocat.

— Et il vous accompagne aujourd'hui ?

— Non. Je n'ai pas encore décidé d'en engager un. Mais mon ami peut m'en présenter à tout moment.

Takegami la dévisagea sans un mot. Mita Yoshie croisait et décroisait les doigts sur ses genoux, se mordait les lèvres, visiblement mal à l'aise. Enfin, elle redressa la tête.

— Je crois comprendre pourquoi on me soupçonne.

— Oh, pourquoi ça ?

Elle pressa une main sur son cœur. Puis, les yeux de nouveau baissés, se fit loquace.

— J'étais amie avec M. Tokoroda, je l'avais rencontré sur le Net. Mais puisque la police connaît mon identité, c'est que vous avez déjà examiné son courrier électronique, n'est-ce pas ?

— Nous l'avons lu, oui, admit Takegami qui retira ses lunettes de vue pour se masser l'arête du nez, avant de poursuivre : Nous savons aussi que lui et vous faisiez partie d'une famille imaginaire.

Mita Yoshie ferma les yeux.

— Alors, Minoru et Kazumi… oui, bien sûr, vous les avez convoqués ici également.

Takegami resta muet. Cette fois, Yoshie mit la main sur sa bouche. D'une voix étouffée, elle dit :

— Ils me soupçonnent. J'imagine qu'ils vous en ont parlé ?

— Pas directement, non. Mais lorsque vous leur avez écrit un mail après avoir appris le meurtre de M. Tokoroda, *Kazumi* vous a demandé par retour du courrier si vous l'aviez tué, c'est bien ça ?

Mita Yoshie se couvrit le visage des deux mains.

Le pouce droit de Tokoroda Kazumi bougeait frénétiquement. Mouvements du doigt rapides, précis. Les yeux rivés sur le téléphone portable.

Chikako attendit qu'elle ait appuyé sur le bouton *envoi*, puis s'informa :

— C'est fini ?

— Hein ? sursauta Kazumi. Oh, pardon. Je ne voulais pas qu'il s'inquiète.

Dans la salle d'interrogatoire, Mita Yoshie gardait son visage enfoui dans les mains. Takegami la fixait des yeux, avant-bras sur le bureau, doigts croisés.

— Maintenant, tu sais à quoi ressemblent ces trois-là.

Kazumi regarda de l'autre côté de la glace.

— Elle m'a l'air d'une dame bien tranquille.

— Elle pourrait très bien être la mère de quelqu'un, tu ne trouves pas ?

— C'est vrai. Ce n'est pas du tout le type de mon père, mais possible qu'elle jouait à la perfection le rôle de la mère dans leur famille virtuelle. Enfin, comment savoir, puisqu'on ne voit pas la tête des internautes sur le Net. (Soudain, Kazumi fit une moue dégoûtée.) Les personnes dans son genre doivent changer du tout au tout et être complètement différentes quand elles se retrouvent dans ce monde anonyme. Peut-être bien que celle-là se montrait drôlement entreprenante. Dites, jusqu'à quand compte-t-il la laisser dans cet état ? On dirait qu'elle pleure.

Takegami toussota :

— Ça va, madame Mita ?

Yoshie finit par relever son visage, mais en couvrant ses yeux d'une main, lèvres serrées.

— J'aimerais vérifier les faits concernant votre relation, annonça Takegami. Vous êtes tombée par hasard sur le forum qui servait de *maison* aux trois autres. C'est bien ça ?

Yoshie hocha plusieurs fois la tête de haut en bas.

— Cela s'est produit à quel moment à peu près ?

— A la fin de l'année dernière… vers la mi-décembre, je crois.

— Vous avez tout de suite laissé un mot ?

— Non… J'ai observé ce qui se passait pendant une ou deux semaines.

— Vous étiez simple visiteur, alors ?

— Quoi ? Oui, oui, je regardais.

— Qu'en pensiez-vous ? Vous trouviez ça amusant ?

Yoshie finit par retirer la main et dévoiler son visage. Le maquillage des yeux avait coulé.

— Amusant, oui, quoique…

— Vous avez découvert le groupe père-sœur aînée-frère cadet. Vous pensiez qu'il s'agissait d'une vraie parenté ?

— Bien sûr que non. (Yoshie secoua la tête avec lassitude.) C'était un jeu, je l'ai compris tout de suite.

— Comment l'avez-vous compris ?

— C'était un peu trop beau pour être vrai.

— Je ne saisis pas bien… En quoi était-ce trop beau pour être vrai ?

Yoshie eut un léger mouvement de recul.

— D'après tous vos messages échangés sur le forum familial, dit Takegami, rien ne laissait imaginer à première vue que vous n'étiez pas de vrais parents et enfants.

Yoshie se recroquevilla.

— M. Tokoroda et moi… eh bien…

— Nous verrons ça plus tard. Pour l'instant, qu'est-ce qui *était trop beau pour être vrai* à propos de ces trois-là ?

— Le contenu de leur correspondance… si je puis dire.

— Et plus concrètement ?

— Par exemple… (Yoshie regarda le plafond.) *Kazumi* écrit qu'elle est déprimée parce que ses résultats scolaires ont chuté. Aussitôt, *papa* lui envoie des paroles de réconfort. Il est compréhensif, gentil, et tout et tout. Il se propose même de participer à un entretien d'orientation avec son professeur principal. Vous croyez vraiment qu'un tel père existe ?

— Peut-être bien, le monde est vaste, vous savez.

— Oui, ça doit se trouver, mais... (Pour la première fois, Yoshie montra des signes d'agacement) ... j'ai du mal à l'expliquer. Ces mots sonnaient tellement faux...

— En tout cas, vous vous intéressez à la petite famille, reprit Takegami avec autorité. Et puis, l'envie vous vient de jouer le personnage manquant, celui de la mère. Vous vous présentez dès le début comme la *maman* ?

— Oui.

— Sans insinuer que vous savez qu'il s'agit d'un jeu ?

— Oui, c'est exact.

— Qu'est-ce que vous avez écrit ?

— Attendez... quelque chose comme : *Dites donc, vous m'avez l'air de bien vous amuser devant vos ordinateurs ces temps-ci ! Laissez-moi me joindre à vous.*

— Ça ne sonne pas très naturel non plus.

— Oh, l'ambiance générale encourageait l'emploi d'un ton pareil. M. Tokoroda et les deux jeunes m'ont acceptée immédiatement dans leur groupe. J'ai eu l'impression de les entendre dire : *Enfin, maman, tu t'y mets !* On jouait la comédie. C'est ça qui était amusant.

— Plus drôle que dans la réalité ?

— Oui, oui, en effet.

Takegami posa ses coudes sur la table et se pencha vers elle.

— Mais vous vous êtes vus en dehors du Net, reconnaissez-le… Le 3 avril dans l'après-midi, vous vous êtes réunis tous les quatre pour votre premier face-à-face. Je me trompe ?

Les mâchoires de Yoshie se crispèrent.

— Si vous aimiez tant cet univers parallèle, pourquoi vous être rencontrés ? En faisant ça, vous torpilliez votre rêve de famille heureuse, non ?

Poings crispés sur les genoux, Yoshie fit la grimace.

— Nous avions décidé… (Nerveuse, sa voix retourna dans les aigus.) … de mettre un terme à notre jeu virtuel. C'était la raison de notre réunion *offline*.

Takegami leva les sourcils.

— Pourtant, la famille imaginaire ne s'est pas dissoute, n'est-ce pas ? Au contraire, M. Tokoroda a adressé un mail à *Kazumi* lui disant combien il avait apprécié cette rencontre et espérait renouveler l'expérience.

Yoshie secoua la tête en se tortillant sur sa chaise.

— Je ne suis pas au courant de ça. Mais j'ai vu sur le forum que *Kazumi* avait posté un message où elle disait s'être bien amusée.

— N'est-ce pas seulement vous qui aviez décidé d'en finir ?

— Moi ? (Yoshie serra le revers de son col.) Moi ? Mais pourquoi ?

— Parce que vous aviez envie d'avoir une relation exclusive avec M. Tokoroda. Ou plutôt, vous l'aviez déjà. Une relation de couple... Je fais erreur ?

Lèvres tremblantes, Yoshie regarda fixement Takegami :

— Vous connaissez la réponse.

— Vous vouliez exclure Kazumi et Minoru pour renforcer votre intimité avec lui. J'ai raison ?

Silence.

Takegami continua de la harceler de questions :

— Tokoroda Ryôsuke était un homme marié. Il n'avait aucune intention de briser sa famille. Ce que vous aviez compris, bien sûr. Vous l'avez accompagné pour visiter la nouvelle maison qu'il projetait d'acquérir en remplacement de la vieille, c'est exact, non ? Puis vous lui avez envoyé un message. Comme quoi vous étiez tellement heureuse, vous aviez l'impression qu'il s'agissait de votre vraie maison à tous les deux. Vous l'avez bien envoyé ? Et ce lieu a été la scène du crime. C'est à cet endroit qu'il a été poignardé à mort.

Pas de réponse.

— Vous rêviez d'abattre le mur dressé entre la réalité et la *comédie*, selon vos termes. Peu à peu, vous avez voulu devenir la vraie femme de Tokoroda Ryôsuke. Et lorsque cette volonté de votre part, non, parlons plutôt de convoitise, a déteint sur les échanges de la famille imaginaire,

Minoru a commencé à prendre ses distances. De fait, ses messages se sont raréfiés en un court laps de temps. Vous vous en êtes aperçue ?

Yoshie baissa la tête, visage de marbre, à l'exception du clignement des yeux.

— Quand Kazumi vous a demandé par retour si vous aviez tué Tokoroda Ryôsuke, c'est bien parce qu'elle avait remarqué ce désir qui avait germé en vous et qu'un simple jeu ne pouvait plus satisfaire. Vous avez raison, ils vous soupçonnent tous les deux. Il y a quelques minutes encore, ils m'en parlaient ici même dans cette salle d'interrogatoire. Ils pensent que vous avez pu assassiner Tokoroda Ryôsuke, et Imai Naoko qui aurait eu une liaison avec lui.

— Je-n'ai-tué-personne, articula Yoshie en gardant la tête baissée. (Ses clignements d'yeux ne cessaient pas.) Pas M. Tokoroda naturellement, et je ne savais rien non plus à propos d'Imai Naoko.

Takegami ignora ses objections. Feuilletant ses papiers, il passa à une autre page et l'interrogea d'une voix calme :

— Où a eu lieu la réunion *offline* du 3 avril ?

— Quoi ?

— Oui, le conseil de famille. Où vous étiez-vous donné rendez-vous ?

Yoshie sembla désorientée par le changement soudain du cours de la conversation.

— C'était… à la gare…

— La sortie Est de la gare de Shinjuku ? A 2 heures de l'après-midi ?

— En... en effet. Vous avez bien dû le lire, vous êtes au courant de tout, n'est-ce pas ? Puisque nous avions déterminé l'heure et l'endroit par mail.

— Vous convenez que vous aviez décidé de vous retrouver tous les quatre avec un magazine d'infos Internet à la main, en signe de reconnaissance ?

— Oui.

— Mais vous ne pouviez pas rester des heures à bavarder debout devant la gare. Vous avez sûrement bougé, où êtes-vous allés ensuite ?

— Comment ? Ah, oui, bien sûr... nous nous sommes installés dans un café.

— Quel était son nom ?

— Je ne m'en souviens pas. C'est M. Tokoroda qui nous y a emmenés. Pas très loin de la gare.

— Vous vous êtes bien réunis là tous les quatre ?

— Oui, tous les quatre.

— Et qu'est-ce que vous avez pensé ?

— Comment ça ?

— En voyant les autres en chair et en os, le groupe que vous composiez tous ensemble vous a-t-il semblé vraisemblable ? Par rapport à l'image de votre famille sur le Net ?

— Oh, si c'est ça... (Pour une raison quelconque, Yoshie fit un signe de tête soulagé.) Minoru et Kazumi avaient l'âge d'être mes propres enfants.

— Et M. Tokoroda ? Vous aviez aussi l'impression qu'il aurait pu être votre mari ?

Silence.

— Au lieu de ressentir un manque d'harmonie, vous avez eu au contraire la sensation de former un couple assorti, le couple tant désiré. N'est-ce pas ce que vous avez éprouvé ? Du moins de votre point de vue.

— Monsieur l'inspecteur, vous cherchez à m'imposer mes réponses.

— Absolument pas.

— Mais si ! Vous voulez me faire dire *oui*. *Oui, j'avais envie que M. Tokoroda et moi nous devenions amants*. C'est ça que vous voulez entendre ?

Takegami ignora sa question. Il passa à la page suivante et demanda d'une voix calme :

— Le 23 avril, M. Tokoroda vous a envoyé un mail, vous êtes d'accord ? Depuis son ordinateur portable au bureau. Dans lequel il souhaitait reporter un rendez-vous avec vous. Et il proposait le 30, une semaine plus tard.

Yoshie s'agita de nouveau.

— J'ai en effet reçu ce message. Mais je ne me souviens pas de la date précise. Comment voulez-vous que je vous suive, je ne vois pas le rapport avec le sujet précédent.

— En fait, il y a plus important que la date dans ce message, poursuivit Takegami. M. Tokoroda l'a envoyé sous sa véritable identité. En vous l'adressant nommément. Plus de *papa*, plus de *maman*, rien que Tokoroda Ryôsuke à Mita Yoshie. Pourquoi donc ?

Yoshie eut un mouvement de recul, comme pour esquiver un coup.

— Je ne sais pas. Peut-être parce que nous nous étions présentés sous nos vrais noms à la réunion *offline*. Tout simplement. Je n'y ai pas prêté attention.

— Vraiment ? Moi, je pense que c'est le signe que votre relation avec M. Tokoroda s'était développée à un niveau personnel.

— Vous pensez trop !

— Le 23, vous aviez rendez-vous pour vous voir tous les deux seuls, n'est-ce pas ?

Silence.

— Ce n'était pas une réunion *offline* ?

— C'est… que…

— Quoi ? Je n'ai pas compris.

— Pourquoi faut-il que je vous en parle maintenant ?

Takegami changea encore d'angle d'attaque.

— Quelle était l'ambiance lors du conseil de famille du 3 avril ? Paisible et harmonieuse ?

— Oui, c'est l'impression que j'ai eue.

— C'est bien après ce jour-là que vous êtes allée visiter avec M. Tokoroda la maison en construction, devenue ensuite la scène du crime ?

— … C'est vrai. J'avais oublié la date.

— Le site se trouve à moins de dix minutes à pied du domicile des Tokoroda. Et à deux ou trois minutes en voiture ou en bicyclette. Vous n'aviez pas de scrupules par rapport à son épouse et à sa fille ?

— C'était un jour de semaine. Je ne serais pas venue un samedi ou un dimanche.

— Voilà un argument inhabituel.

— Je l'ai juste accompagné. M. Tokoroda faisait preuve d'une grande prudence dans son choix d'un bien immobilier, et il s'était rendu sur les lieux plusieurs fois à des heures différentes. Souvent, il passait voir la maison en fin de journée à son retour du bureau. Comme il m'avait dit son intention d'y retourner ce soir-là, je l'ai accompagné, c'est tout.

— Vers quelle heure ? Après cette visite, vous deviez faire le trajet depuis Suginami jusqu'à Tokorozawa pour rentrer chez vous, c'est exact ?

— Il n'était pas très tard, 9 heures du soir à peu près.

— Dans ce cas, quelqu'un du voisinage a dû vous voir.

La voix de Yoshie monta encore dans les aigus :

— Et alors ? Je n'ai rien à cacher !

Sa riposte resta sans écho. Takegami attendit tranquillement le retour au calme de Yoshie. Puis, sans transition, il lança :

— Bon, on demande à Minoru et Kazumi de nous rejoindre ?

— C'est bizarre, murmura Tokoroda Kazumi.

— Quoi donc ?

Chikako se pencha vers la jeune fille.

— Cette femme, Mita Yoshie (Kazumi la désigna du doigt de l'autre côté de la vitre), elle est autrement plus louche que la petite A, celle qu'on traite en criminelle. Minoru et Ritsuko aussi soupçonnent cette femme. Pourtant elle ne fait pas les gros titres des journaux. Alors que la petite A est pourchassée par les paparazzi des hebdomadaires !

Chikako suivit des yeux le bout du doigt de Kazumi. De profil, les traits de Mita Yoshie étaient quelconques, son visage manquait d'éclat.

— Est-ce que la police la soupçonne en réalité et dissimule volontairement l'information ?

— Je suppose qu'on manque d'éléments déterminants pour l'inculper.

— Pareil pour cette pauvre petite A.

— Mais Mita Yoshie n'a pas de lien avec Imai Naoko.

— Elle en a entendu parler par mon père, c'est sûr, déclara tout net Kazumi avec froideur. Ils se sont vus seuls tous les deux, non ? Et ils sont allés sur la scène du crime, pas vrai ? Il lui en a parlé à ce moment-là, j'en donnerais ma main à couper.

— Ecoute…

Chikako déplaça légèrement ses jambes pour se tourner vers Kazumi. Mais la jeune fille continua d'observer le profil de Mita Yoshie, sans la regarder.

— Tu crois vraiment que ton père aurait fait une chose pareille ?

— Quelle chose ?

— Raconter à une autre qu'il avait eu une petite amie du nom d'Imai Naoko.

— Lui ? Il en était bien capable, lâcha Kazumi du bout des lèvres. Je peux l'imaginer sans problème. Mita Yoshie lui fait du gringue, ça l'embête, oui, je le vois très bien expliquer qu'en fait il a déjà une maîtresse et qu'elle lui suffit amplement.

— Et en apprenant ça, Mita Yoshie a pensé qu'elle parviendrait à approfondir sa relation avec Tokoroda Ryôsuke à condition qu'Imai Naoko ne soit plus dans les parages, et elle l'a tuée, c'est ce que tu crois ?

— Voilà, oui !

— Mais pourquoi Mita Yoshie aurait-elle tué ton père, après s'être donné tout ce mal pour l'avoir à elle ?

— Parce qu'il n'a pas cédé à ses avances.

— Ton père aurait repoussé Mita Yoshie ?

— Mais oui ! Je n'arrête pas de vous le répéter. Il aimait les filles jeunes. Une vieille de son âge, il laissait tomber illico, et hop ! (Kazumi eut un geste de la main éloquent.) Alors, cette Mita plus toute jeune a perdu les pédales. Elle qui croyait avoir enfin dégoté un homme. La jeune fille fronça les sourcils et dit en déguisant sa voix : *J'ai toujours connu une vie solitaire, tu sais*. Voilà ce qu'elle a raconté en faisant sa gentille. C'est sans doute vrai, elle devait se sentir seule. Donc, quand elle a cru avoir repéré un homme, même si c'était un parfait inconnu, sur qui mettre le grappin, elle a foncé droit devant, plus rien ne pouvait l'arrêter.

Chikako répondit tranquillement :

— Dans ce cas, la prochaine cible aurait pu être ta mère.

— Quoi ?

Kazumi cligna des yeux, et finit par regarder Chikako.

— Parce que, même si elle s'était débrouillée pour se débarrasser d'Imai Naoko, M. Tokoroda avait une épouse. Ta mère.

— Vous avez raison. (Kazumi haussa les épaules. Son large décolleté dévoilait la ligne fine de sa clavicule.) Possible qu'elle était aussi en danger.

— C'est effrayant, non, rien que de l'imaginer ?

— Sûrement. (Kazumi détourna les yeux.) A propos, qu'est-ce qu'elle fait ma mère en ce moment ?

— Elle t'attend.

— Elle aurait dû rentrer à la maison. (Kazumi baissa les yeux sur son téléphone portable. Pour regarder l'heure, apparemment.) Déjà 4 heures et demie ! Je suis fatiguée. Il faut que je reste encore ici ?

— Oui, oui… Ecoute, plutôt que de juger ou d'émettre des hypothèses sur la culpabilité de Mita Yoshie, dis-moi plutôt ce que tu as pensé en la voyant.

Elle te rappelle quelqu'un ? Tu lui trouves des points communs avec l'une ou l'autre des personnes que tu as aperçues d'après ton témoignage ?

Une surprise sincère se lut sur le visage de Kazumi, comme si elle avait oublié toute cette affaire.

— OK, c'est pour ça que je suis là ! (Elle s'approcha de la vitre.) Mais je ne sais pas trop pour elle. Il m'a semblé que celle qui rôdait devant la maison était une femme, mais bon, c'est peut-être parce que je viens de la voir, elle et ses manières, et de l'entendre raconter son histoire.

« Cette jeune fille, non seulement elle est ravissante, mais elle a aussi l'esprit vif », songea Chikako.

— De toute façon, quoi que je dise ou pas, si c'est vraiment elle l'assassin de mon père, j'ai l'impression qu'elle ne pourra pas tromper son monde bien longtemps. Vous ne croyez pas ? Elle m'a l'air au bord de la crise de nerfs. Elle pourrait avouer d'une minute à l'autre, maintenant. Je pensais que cet inspecteur de police n'était qu'un rabat-joie complètement nul, mais il s'en sort plutôt bien. Vous êtes d'accord ?

— Tu veux parler de l'inspecteur Takegami ?

Chikako s'efforça péniblement de sourire. En regardant la bouche de Kazumi et ses lèvres finement ourlées – un élément de sa beauté –, l'inspecteur se représenta l'instant où, avec une volonté farouche, cette même bouche avait lâché les mots : *Je me vengerai ! Je tuerai s'il le faut !*

De : Kazumi
A : Minoru
Objet : Qu'est-ce qu'il y a ?

Qu'est-ce qui te prend, Minoru ?
Moi, je suis complètement déprimée.
Tu as parlé avec maman ? Elle est furieuse contre nous, je parie. J'ai plus envie de lui parler, et si elle m'envoie un mail, je ferai semblant de pas l'avoir vu.
Papa est mort depuis 13 jours déjà. Qu'est-ce que ça file ! Tu sais, j'ai décidé de mettre une croix tous les jours sur le calendrier jusqu'à ce qu'on attrape l'assassin. Ça me rend triste de faire ça, mais sinon, je perds le sens des réalités, je pourrais me laisser aller et envoyer un message à papa sans réfléchir. M. Tokoroda était drôlement important pour moi. C'était mon papa. Et j'étais si contente de surfer sur le Net. C'était amusant, hein ? Mais c'est fini, ça aussi. Qu'est-ce que j'ai fait de mal ?

Je sais pas qui l'a tué, mais c'est pas toi
Minoru, et c'est pas moi non plus. Dans le fond,
c'est maman que je soupçonne.
Réponds-moi, je t'en prie. Je t'ai envoyé un mail
hier et avant-hier, mais tu restes silencieux.
Je me sens affreusement seule, et j'ai la trouille.
Je veux te voir.

De : Minoru
A : Kazumi
Objet : Au revoir

Comme tu viens de le lire, c'est mon dernier mail.
Apparemment, la police a vachement fouillé dans la vie de maman. Elle est furax et dit que tu es allée raconter tout et n'importe quoi à son sujet. C'est à cause de toi qu'elle a les nerfs, moi, j'ai rien à voir là-dedans. Alors, évite de nous mettre dans le même panier, OK ? Et laisse tomber le nous.
Quand M. Tokoroda a été assassiné, maman était à Ôsaka en stage d'entreprise. Dès que ça a été vérifié, les soupçons sont tombés. Mais les enquêteurs sont venus à son travail, et depuis, son patron la regarde de travers, elle arrête pas de se plaindre, elle a peur d'être obligée de démissionner. Elle croyait avoir échappé au pire, vu qu'elle s'était pas retrouvée

en une des journaux, mais dans une grosse entreprise comme la sienne, on doit pas apprécier les questions de la police.
Ce coup-ci, j'en ai marre de tout ça. Tu lis la presse ? Ils reparlent de la petite A. On connaît pas encore son nom, mais la police va sans doute l'arrêter. Et ce sera réglé.
Je ne pense pas autant de bien que toi de Tokoroda. Je suis un mec, moi, et pour moi, ce type avait des manières franchement limites. Je dis pas ça seulement maintenant, c'est mon opinion depuis notre réunion *offline*.
Je plains quand même un peu la petite A.
Mais c'est une idiote, bien sûr.
Ne deviens pas comme elle, toi aussi.
Bon, c'est fini tous les 2, on a plus de lien.
Minoru, le petit frère de Kazumi, disparaît du paysage.
Salut !

13

Retour de Ritsuko et Minoru dans la salle d'interrogatoire. Au même instant, sonnerie du téléphone : une sonnerie, deux, puis Tokunaga décroche. Une scène parfaitement orchestrée, comme préméditée.

— C'est pour toi, Gami.

Takegami se leva et, tournant le dos aux trois membres de la *famille* installés de l'autre côté de la table, attrapa le combiné.

— C'est Torii… (Des parasites brouillaient la voix.) Je peux parler ?

— Oui, répondit-il calmement. Que se passe-t-il ?

D'après la consigne, tant que Takegami n'évoquait pas des maux d'estomac, la conversation pouvait se dérouler normalement. Par prudence, néanmoins, Torii baissa le ton :

— Nakamoto avait vu juste : le petit ami a l'air stressé.

— Ah oui, fit Takegami avec détachement.

Mais cette information emballait son rythme cardiaque. Son peu d'intérêt apparent n'empêcha pas le trio de le regarder d'un air soupçonneux. Et Tokoroda Kazumi ? Il savait qu'elle observait la scène derrière la vitre. Comment réagissait-elle à tout ça ?

— Je suis au courant pour l'histoire de la parka, le capitaine Kamiya m'a informé. Vu que la presse n'a pas encore diffusé la nouvelle, le petit copain ne sait rien, c'est certain.

— En effet.

— Et chez toi, ils ne savent pas non plus ?

— Exact.

— Tu vas bientôt révéler l'info ?

— Sous peu.

— S'il y a du nouveau, si le garçon sort du magasin par exemple, je rappelle.

— Très bien.

Quand Takegami recula sa chaise pour replacer le combiné, Ritsuko se pencha vers lui, curieuse :

— Ce coup de fil a un rapport avec nous ?

— Mais enfin, l'affaire Tokoroda n'est pas notre seul et unique dossier ! s'insurgea-t-il en remettant ses lunettes sur le nez.

— Bon, bon.

Ritsuko remuait ses jambes ballantes dans une posture enfantine. Preuve, a priori, d'une grande décontraction. En réalité, et Takegami s'en apercevait maintenant, c'était elle, la plus nerveuse des trois.

L'atmosphère s'était alourdie. Ils portaient tous un poids sur les épaules, une sensation pénible, presque palpable. Takegami avait l'impression d'être prisonnier d'une balle de coton imprégnée d'eau dans laquelle il se débattait pour trouver une sortie.

Assise un peu de biais sur sa chaise, Mita Yoshie s'était mise volontairement à l'écart de ses « enfants ». Minoru la dévisagea, sourcils exagérément froncés, puis interrogea Takegami :

— Bon, alors, la bonne femme, elle a avoué, ou quoi ?

Yoshie sursauta, comme sous le choc d'un coup violent. Son sac de luxe dégringola de ses genoux. Le fermoir se décrocha, libérant le contenu qui s'étala sur le sol. Une minuscule pochette. Un téléphone portable. Un carnet à couverture rose. Aussi gênée que si on venait de la surprendre en sous-vêtements, Yoshie s'empressa de ramasser ses affaires et de les fourrer dans le sac.

— Est-ce que ça va, madame Mita ?

— Ou… oui.

Takegami attendit que Yoshie ait repris place, puis il entama en douceur :

— Vous devez en avoir des choses à vous raconter, depuis le temps que vous ne vous êtes pas vus.

Silence général.

— Bon, maintenant que vous êtes réunis, j'ai une nouvelle à vous annoncer.

Méfiance de l'auditoire. Un sentiment commun, trois attitudes différentes.

— Nous avons trouvé la parka bleu millénium.

Chacun réagit différemment, mais la stupéfaction était générale. Authentique. Aucune feinte.

Takegami examina Minoru par-dessus ses lunettes, avant de poursuivre. :

— Vous l'avez sûrement lu dans la presse. C'est un article d'importation et nous avons tout lieu de croire que l'assassin qui a étranglé Imai Naoko portait ce vêtement. Celui qui a poignardé Tokoroda Ryôsuke également. Jusqu'ici, nous ne savions pas s'il s'agissait d'un gilet ou d'une parka. A présent, il n'y a plus de doute.

Minoru rougit de colère.

— Nan ! Mais pourquoi vous me dites ça, à moi ?

— Tu te fais des idées, je ne m'adresse pas spécialement à toi.

— Ah ouais, c'est pas ma gueule que vous regardez peut-être ? Et puis, d'abord, les mecs sont pas les seuls à porter des parkas.

Moment idéal que choisit Yoshie pour lancer d'un ton caustique :

— Sauf que cette marque canadienne n'a jamais fabriqué de vêtements pour femmes. Je sais ça, moi !

— Oh, toi…

De rage, Minoru donna un coup de pied dans sa chaise pliante qui se renversa avec fracas. Coudes posés sur la table, doigts croisés, Takegami ne fit pas un geste pour intervenir.

— Arrête, s'il te plaît ! Stop !

Le cri venait de Ritsuko. Elle se jeta dans les bras de Minoru, larmoyante :

— L'écoute pas ! Elle fait toujours comme ça, c'est sa technique !

— Et ta technique à toi, c'est de pleurer, non ? rétorqua Yoshie. Brave petite Kazumi, capable de pleurnicher sur commande.

La jeune fille fit volte-face et voulut frapper son aînée.

— Ça suffit ! (Takegami arrêta promptement le geste de Ritsuko.) La parka en question est couverte de taches de sang. Celui de Tokoroda Ryôsuke, je présume.

Calmée sur-le-champ, la jeune fille reprit sa position, affalée sur sa chaise. Minoru ramassa la sienne et s'assit bruyamment.

— Le sang de Tokoroda, répéta Takegami, qu'il a perdu à la suite des vingt-quatre coups de couteau.

— Où… vous l'avez trouvée où ? tenta Ritsuko d'une voix rauque.

Takegami regarda de nouveau Minoru, sans un mot.

— Je vous ai déjà dit que je savais rien, se défendit le garçon, plus modéré que tout à l'heure. Vous arrêtez pas de me mater, pas vrai ?

— Mais non, je ne me focalise pas sur toi.

Bien calé sur son siège, bras croisés, Takegami observa les trois visages face à lui avec une égale attention.

— Vous connaissez cette expression : *Les preuves parlent d'elles-mêmes* ? Elle est très juste, les preuves matérielles ont beaucoup à nous révéler. Dans le cas présent, la découverte de la parka nous permet d'entrevoir l'issue de cette affaire.

On entendit quelqu'un déglutir dans la pièce.

— Toutefois, je voudrais nous épargner de la peine et du temps inutiles. Si l'un d'entre vous se rappelle de quelque chose, je l'invite à m'en parler, c'est le moment ou jamais.

Un bref coup d'œil à sa montre, puis Takegami annonça :

— Vous avez trois minutes.

L'aiguille des secondes avait tout juste dépassé le chiffre 12. Facile de faire le calcul.

Silence.

— Pou... pourquoi vous nous dites ça ? (La voix de Ritsuko tremblait.) Pourquoi on est là, tous les trois ?

Takegami fixait son poignet :

— Déjà trente secondes.

L'air crispé de Minoru frisait le cocasse.

— Hey, m'sieur l'inspecteur, vous croyez qu'on s'est mis d'accord, qu'on est de mèche ?

— Ridicule ! hurla Ritsuko. (Elle pressa les deux mains sur ses joues.) Il a raison ? C'est vraiment ce que vous pensez ? On est réunis ici à cause de ça ?

— Vous êtes pas bien, mon vieux, seriez pas un peu fêlé ? renchérit Minoru.

Takegami restait concentré sur sa montre :
— Bientôt une minute.

Tokoroda Kazumi aussi avait mis la main sur sa bouche.

— C'est vrai ? laissa-t-elle échapper entre ses doigts.

Chikako ne dit mot. Alors, la jeune fille se retourna et lui agrippa le bras :

— Hé, répondez-moi ! C'est la vérité ? Ils ont retrouvé la parka ?

— Il semble que oui, répondit tranquillement Chikako. On vient de nous prévenir.

— Et c'est bien celle que portait le meurtrier ?

— Oui, elle est couverte de sang.

L'agent Fuchigami se rapprocha de la jeune fille.

— Kazumi ?

— Je... je ne me sens pas bien. (Kazumi baissa brusquement la tête. Soudain décoiffée, sa chevelure camoufla son visage.) Parce que vous avez dit qu'elle était couverte de sang, comme ça, tout à coup...

— Oh, excuse-moi. J'aurais dû t'éviter ce détail.

— C'est passé aux infos ?

— Ça ne devrait pas tarder.

Un court instant, les yeux de Kazumi fixèrent le vide. Et soudain, la jeune fille se couvrit le visage des deux mains, comme si elle prenait conscience que personne ne devait accéder à ce qu'elle avait vu, et glissa par terre, corps recroquevillé.

— Je me sens mal, gémit Kazumi. J'ai le vertige…

Chikako posa une main sur son dos courbé, et sentit se propager le souffle rapide de sa respiration. Elle aurait donné cher pour voir le tourbillon des sentiments et des pensées qui agitait intérieurement cette fille, en ce moment précis.

Mais Kazumi faisait travailler ses méninges et sollicitait son cerveau au maximum. Pour se concentrer du mieux possible, elle restait accroupie, tête baissée, regard dans le vague. Chikako avait envie de lui conseiller d'arrêter. Tout ça n'était plus nécessaire. *Allez, prends la voie la plus facile. Ça suffit, c'est terminé, c'est la fin.*

Une minute peut-être s'écoula. Tout à coup, Kazumi se leva, attrapant son sac au vol, et repoussa brutalement l'agent Fuchigami.

— Je veux aller aux toilettes.

— Tu y vas toute seule, ça ira ?

Kazumi lui jeta un regard furibond.

— Vous ne me suivez pas, hein ?

Déroutée par ce haussement de ton proche du cri de colère, l'agent Fuchigami eut un mouvement de recul. Comprenant son erreur, Kazumi prit un air effrayé, inédit jusqu'alors.

— Oh, je vous demande pardon.

— Ça va, ça va. Tu sais où sont les toilettes ? Au fond du couloir, tu tournes à droite.

— C'est bon.

Kazumi sortit de la pièce, ses talons cliquetant sur le sol. La démarche claudicante, elle semblait sur le point de perdre une de ses ballerines. Ses pas parvinrent aux oreilles des deux femmes à travers la porte close.

— Un peu cruel, non ? ne put s'empêcher de murmurer Fuchigami, les yeux fixés sur ses pieds.

Silencieuse, Chikako attendit la suite de sa pensée. En vain. Au lieu de ça, la jeune policière lui demanda de l'excuser.

— C'est inutile. Je ressens la même chose.

Chikako quitta sa place en hâte, fit un signe de tête à sa collègue et se faufila dans le couloir. En partant, elle entendit Fuchigami annoncer dans le micro :

— Tokoroda Kazumi est sortie. L'inspecteur Ishizu la suit.

Chikako portait des semelles en caoutchouc qui étouffaient le bruit de ses chaussures. Ne résonnaient plus dans ses oreilles que les battements réguliers et mornes de son cœur.

Juste avant les toilettes se trouvait le débarras où s'étaient engouffrés Takegami et les deux autres, il y avait une petite heure. Chikako s'y arrêta et écouta, à tout hasard.

Difficile pourtant d'imaginer Kazumi, qui n'était pas familière des lieux, se précipiter à l'aveuglette derrière la première porte venue. Sait-on jamais ? Chikako préférait vérifier. Mais elle n'entendit rien. Elle se dirigea vers les WC.

La pièce des toilettes pour dames de l'étage était exiguë. En ouvrant la porte d'entrée, on manquait de heurter le lavabo. Ensuite, se trouvaient les deux cabinets. Kazumi occupait probablement l'un d'eux.

Mais, pour plus de sûreté une fois encore, Chikako partit jeter un œil du côté de l'escalier. Personne sur le palier. En revanche, des voix montaient de l'étage inférieur. Un bureau. Un va-et-vient de policiers en uniforme. Kazumi n'avait aucune raison d'être en bas.

Chikako fit demi-tour et colla son oreille à la porte des toilettes. Aucun son, ni écoulement d'eau, ni bavardage. Elle entrouvrit doucement et passa la tête à l'intérieur.

Et là, elle entendit une voix dans un des cabinets.

— Bref, te fais pas de souci. Ça va aller, fais-moi confiance.

C'était Kazumi. Elle parlait à toute vitesse. Le ton persuasif, apaisant…

— Tu es dans le magasin ? Si tu vois les infos, tu t'inquiètes pas, hein ? Non, tout va bien. Il faut que tu me croies. OK ? OK ? Je t'en prie. Tiens bon ! T'es d'accord, hein ? (A présent, sa voix se faisait larmoyante.) Hein ? Oui, c'est ça. Non, je t'assure, la police, c'est pas un problème. Ils se doutent de rien. Je te jure ! Pour eux, c'est une autre bande qui a fait le coup. Oui ! Ils m'ont pas fait venir pour ça. Aucun rapport !

A l'évidence, elle s'efforçait de parler le plus bas possible, sans réussir à contrôler le débit de ses paroles. Les mots fusaient de sa bouche.

C'est cruel. C'était cruel, pensa Chikako.

Mais déjà deux morts. Alors, quel est le plus cruel ?

Fallait-il rester les bras croisés, et prendre le risque de se retrouver avec de nouveaux meurtres sur le dos ? De l'autre côté de la porte, les doigts de Kazumi s'activaient, occupés à taper un message. *Y avait-il un autre moyen de stopper une colère aussi virulente et d'atténuer ce terrible chagrin ?*

Qui est le plus cruel ?

Chikako s'adressait mentalement à Nakamoto. Incapable de visualiser son collègue étendu en salle de réanimation, elle se remémora leur première rencontre, lors de sa convocation au quartier général, et revit son visage au moment où il lui avait exposé sa théorie de l'affaire.

Bravo ! C'était brillant.

Puis elle rebroussa chemin et fila dans le couloir.

— Kazumi est au téléphone. (La voix de Chikako venait de retentir dans l'oreillette de Takegami.) Nakamoto ne s'était pas trompé, tout se passe comme il l'avait prévu.

Voyant Takegami froncer les sourcils, regard grave, les trois face à lui se redressèrent sur leur chaise.

— L'agent Fuchigami a pris ma place devant les toilettes. Je vous informe dès son retour.

Takegami hocha vigoureusement la tête de haut en bas en direction de la glace sans tain.

— Appelle-moi Torii, dit-il à Tokunaga. Tokoroda Kazumi est en train de téléphoner.

Torii décrocha dès la première sonnerie.

— Gami ?

— Tu en es où ?

— Le petit ami s'est retiré au fond du magasin. Il a reçu un coup de fil.

— Il parle avec Kazumi. Et la porte de derrière ?

— Pas de problème. Un agent monte la garde. C'est une bénédiction, cette supérette. Il y a des vitres partout.

— Ne lui fais pas peur.

— Non, non, je sais.

— N'y va pas trop fort, hein ?

— Gami… commença Torii d'une voix affligée. J'ai bien retenu la leçon, tu sais, les erreurs servent au moins à ça. Tu me laisses m'en charger, d'accord ?

— Bon, je compte sur toi. Si on échouait à ce stade, je ne pourrais plus jamais regarder Naka en face.

Une fois le combiné reposé, Takegami s'essuya le visage avec la main.

— J'ai des sueurs froides, on dirait. Ça se voit ? demanda-t-il à Tokunaga.

— Non, non. Pas du tout.

— Toi, par contre, tu restes imperturbable.

— Sans doute parce que j'ai l'habitude de me fondre dans le décor. C'est mon rôle de secrétaire.

Il leva les yeux vers Takegami.

— Nakamoto avait vu juste.

— En effet.

— Tout se déroule selon ses calculs. Etonnamment prévisibles, finalement, les jeunes d'aujourd'hui.

— Ce ne sont que des gosses, après tout.

Tokunaga fit la moue :

— Tout ça me donne l'impression de *tordre le bras à un bébé*, tu ne trouves pas ?

Silence de Takegami.

— Bon, je n'aurais pas dû dire ça. Excuse-moi.

— OK, OK. Mais surtout, tu ne lâches pas.

Takegami revint au trio assis à la table. Trois paires d'yeux le dévisagèrent, regard grave et limpide.

14

Tokoroda Kazumi fit un retour bruyant et agité. L'agent Fuchigami lui tenait pourtant le bras avec douceur, mais elle se débattait.

Chikako se précipita :

— Tu ne te sens pas bien ?

— Je veux rentrer chez moi, répondit Kazumi en fuyant son regard. J'ai eu beau lui dire, elle ne m'écoute pas.

Chikako la prit par les épaules et exerça une pression pour la contraindre à s'asseoir. En vain. Solidement campée sur ses jambes, la jeune fille opposait une vive résistance.

— J'en ai assez ! J'en ai marre de tout ça !

— Qu'est-ce qui t'arrive ? (Chikako la fixa.) Pourquoi perds-tu ton sang-froid tout à coup ?

Cette remarque prononcée sur un ton posé, et néanmoins insidieux, finit par atteindre le cerveau de Kazumi, semble-t-il. Elle lâcha prise et, à bout de forces, murmura :

— Je me sens mal, j'ai envie de vomir. Laissez-moi rentrer… (Des gouttes de sueur perlaient sur son front, ses mains tremblaient.) J'ai eu une vision atroce en imaginant cette parka tachée de sang… J'étouffe. Je ne veux plus rester ici.

— Bon, alors, faisons venir ta mère. Vous pourrez partir ensemble.

— Rien à faire d'elle !

— J'y vais, je vais la chercher.

L'agent Fuchigami se précipita dans le couloir. Un empressement qui trahissait en partie sa nervosité. Et un comportement parfaitement légitime, aux yeux de Chikako, sa collègue ayant passé beaucoup de temps en compagnie de la jeune Kazumi et entretenu avec elle une relation amicale.

— Nous allons demander une voiture pour te raccompagner chez toi. Un peu de patience, s'il te plaît.

La voix de Mita Yoshie retentit depuis la salle d'interrogatoire. Tandis que Kazumi restait plantée là, bras serrés contre la poitrine, debout face à un coin de la pièce.

Chikako jeta un œil de l'autre côté de la glace sans tain.

— Personne n'a avoué, alors ? avait lâché Yoshie, en baissant la tête. Mais est-ce que ça suffit pour nous disculper ?

— Trois minutes, trois heures… pourquoi pas attendre trois jours, ça changerait que dalle ! (Minoru se mit de nouveau à remuer nerveusement les genoux.) On sait rien sur cette histoire de parka. Moi, en tout cas, je sais rien.

— Moi non plus ! ajouta Ritsuko.

— Nous n'étions pas les seuls à avoir un mobile, vous savez. M. Tokoroda avait des problèmes avec sa famille. (Yoshie soupira.) Il disait que l'ambiance était tendue chez lui.

— Du coup, t'as pensé que ce type allait divorcer pour se marier avec toi. (Minoru ricana.) Quelle cruche ! Tous les hommes qui trompent leur femme sortent le même couplet. T'es pas au courant, à ton âge ?

Regard hostile de Yoshie en direction du garçon.

— Il m'a confié sa peine, mais je n'étais pas la seule, je te signale. A vous aussi, il en a parlé, quand on s'est rencontrés tous les quatre. Vous ne pouvez pas le nier.

— Ah ouais, t'en es bien sûre ? Moi, je me souviens seulement de ton baratin sur la solitude, quand tu disais que tu trouvais ça trop triste et trop chiant.

— Ne raconte pas n'importe quoi.

— Houu, j'ai peur !

Bruit sec. D'un geste brusque, Takegami venait d'aligner au cordeau ses dossiers sur la table.

Le garçon rentra la tête dans les épaules.

— Tiens, regarde. C'est pas malin, tu fous l'inspecteur en colère.

— Je voudrais que vous compreniez…

Yoshie empoigna le bord de la table à deux mains et se pencha vers Takegami.

— … Tokoroda Ryôsuke était un homme seul. Ça nous a rapprochés, parce que je ressentais la même chose. Notre famille virtuelle avait du sens, j'y accordais beaucoup de valeur. Ce n'était pas qu'un jeu, c'était très positif d'y participer.

Minoru secoua la tête.

— Un homme malheureux, reprit Yoshie. En conflit avec sa femme et sa fille. Son existence lui semblait vide, il disait que la vie ne valait pas la peine d'être vécue.

Takegami demanda calmement :

— Vous a-t-il confié qu'il fréquentait Imai Naoko pour la même raison ?

— Oui, répondit Yoshie sans ciller. Il avait un faible pour les femmes, c'est certain. De leur côté, elles sentaient qu'il ne fallait pas l'abandonner. A son travail aussi… il avait des rapports ambigus avec ses collègues féminines.

— Vous le connaissiez très bien, on dirait.

— Bon, j'imagine que votre enquête vous a révélé beaucoup de choses à ce sujet.

— Détrompez-vous, nous l'ignorions. Il faut croire que les collaborateurs de Tokoroda et le personnel d'Orion Foods en général savent tenir leur langue. Personne n'a fait allusion à ça.

— T'as l'air d'une bécasse maintenant, espèce de moulin à paroles ! (L'injure venait de Ritsuko.) De toute façon, tout s'est gâté quand t'es venue t'incruster entre nous. T'en as conscience ?

— Pourquoi me fais-tu autant de reproches ?

— Mais parce que c'est ta faute !

— En quoi ? En quoi ai-je mal agi ? Allez, je t'écoute, explique-toi ! Cite-moi des exemples concrets.

Méprisante et provocatrice, Ritsuko se contenta de ricaner.

— Alors ? Tu trouves ? Bien sûr que non, hein ? Je vais te dire la vérité : tu es jalouse, voilà tout.

Ritsuko écarquilla les yeux.

— Hein ? De qui ?

— M. Tokoroda m'a offert une place privilégiée en tant que *maman*. Et cette décision n'arrangeait pas tes affaires. Tu n'étais plus la préférée, ça t'a rendue furieuse.

Ritsuko donna un coup de coude à Minoru assis près d'elle, avant de répliquer :

— Hey, tu as entendu ? Elle est à côté de la plaque, la mémère !

— Comment oses-tu ?

Yoshie se jeta sur Ritsuko. Minoru se dressa sur ses pieds.

— Arrêtez ! s'emporta Takegami, excédé.

Sursaut. Le trio se figea. Profond silence.

Soudain, quelque chose tomba sur le sol avec fracas. C'était le matériel d'écriture de Tokunaga. Le policier les regarda tous les trois, l'un après l'autre, puis les supplia : « De grâce ! » et se pencha pour ramasser ses crayons.

Moment de flottement vite interrompu par le rire puéril de Ritsuko.

— Hey, il est rigolo ce gars, non ? fit-elle à Minoru. Ça veut dire quoi cette histoire de *grâce* ?

— *Veuillez me pardonner*... traduisit Takegami, l'air morose... C'est une expression qu'on utilise peu dans le langage courant.

Nouveau silence.

Par la fenêtre, le bruit à peine perceptible d'une lointaine sirène de voiture de police vint se glisser dans la pièce où régnait le calme absolu. Le son franchit le quartier de Shibuya et se rapprocha progressivement. Pour arriver de ce côté-ci, au commissariat.

— Un autre crime ? murmura Ritsuko. La police a beaucoup de travail. Vous ne seriez pas en train de perdre votre temps avec nous ?

— C'est clair ! renchérit Minoru. Vous avez retrouvé la parka, ça devrait être bon. Avec ça, vous tenez l'assassin, non ?

Tokunaga prit le téléphone de la ligne interne et interrogea rudement l'agent qui avait aussitôt décroché.

— La sirène, c'est pour quoi ? On l'entend jusqu'ici.

Son interlocuteur lui fournit des explications.

— Compris, conclut Tokunaga qui reposa le combiné, puis s'adressant à Takegami : Ils sont là.

— De qui vous parlez ? (Ritsuko s'obstinait.) Dites, inspecteur, quelle sorte d'affaires vous traitez en dehors de la nôtre ? Que des histoires de meurtres ?

— Rien à voir avec vous, répondit Takegami. Celui de Tokoroda Ryôsuke ne vous suffit pas ? Notre priorité, c'est de trouver son assassin.

A ce moment-là, Yoshie étendit ses jambes dans une attitude étrangement vulgaire, et du bout des lèvres cracha des paroles pleines de venin :

— C'est son épouse ! C'est elle qui l'a tué. Cela ne vous paraît pas évident ? D'autant plus que des cris de femme ont été entendus sur le lieu du crime.

— Vous soutenez cette théorie ? l'interrogea Takegami.

— Parfaitement ! (Yoshie releva la tête avec assurance.) En dehors de Mme Tokoroda, je ne vois personne d'autre capable de haïr cet homme au point de le tuer. Pareil pour Imai Naoko.

— Personne d'autre, vous croyez ?

— Vous avez de la compassion pour elle, monsieur l'inspecteur. Je me trompe ? C'est sûr, vu de l'extérieur, c'est un homme infidèle. Un mauvais mari, en somme. Mais il n'est pas pour autant l'unique responsable de la dégradation de son couple.

— Pas d'accord, intervint Minoru. C'est entièrement la faute de Tokoroda !

Sans se préoccuper de lui, les yeux braqués sur ceux de Takegami, Yoshie poursuivit :

— Pour moi, je vous assure, c'est son épouse l'assassin. Elle a d'abord tué Imai Naoko, et ensuite, son mari. Elle l'a lardé de coups de couteaux, sous le coup de la colère, j'imagine.

— Si Mme Tokoroda était effectivement l'auteur de ce crime, elle aurait commis son forfait dans leur maison, non ?

— Pas forcément. Elle savait que son mari passait par le chantier des maisons en construction à son retour du bureau. Elle a très bien pu le guetter là, l'assassiner, et s'enfuir à toutes jambes jusqu'à leur domicile. La distance était courte, elle pouvait y arriver facilement.

— En effet. Donc, d'après vous, il s'agirait juste d'un crime passionnel ?

— Non, il y a un mobile précis.

Le visage de Yoshie se durcit.

— M. Tokoroda a parlé de ça le jour où nous nous sommes rencontrés tous les quatre. Ils doivent s'en souvenir, eux aussi. (Elle jeta un œil à Ritsuko et Minoru.) Il se disait surveillé.

— Surveillé ? (Takegami prit un air sombre.)

— Exactement. Il se sentait suivi dès qu'il mettait un pied dehors, et il pensait que c'était sa fille.

— Tokoroda Kazumi ?

— Oui. D'ailleurs, il avait fixé le rendez-vous à 2 heures de l'après-midi, un horaire incongru, vous ne trouvez pas ? Tout simplement parce que ce samedi 3 avril, Kazumi passait un examen très important dans une école préparatoire. Aucun risque dans ces conditions qu'elle le suive.

Ritsuko et Minoru échangèrent un regard.

— Vous confirmez ? demanda Takegami.

— Ouais, en gros.

— A peu près, oui. Quand on s'est retrouvés devant la gare pour la réunion, il était plutôt nerveux, précisa Ritsuko. Il a expliqué qu'il craignait d'être suivi par sa fille. (Un bref instant, elle prêta attention à ses ongles.) Une bien triste relation entre un père et son enfant, voilà ce que j'ai pensé. La faute à Kazumi ? Elle a un sale caractère, ou quoi ?

Sans apporter de réponse, Takegami interrogea Yoshie :

— Admettons que Kazumi s'inquiétait des faits et gestes de son père. Cette obsession ne concernait qu'elle, me semble-t-il. En quoi cela constitue-t-il un motif de soupçonner l'épouse ?

Visiblement vexée, Yoshie haussa le ton :

— Mais parce qu'elle utilisait sa fille pour espionner son mari !

— Vous faites un grand raccourci, là…

— Les femmes sont comme ça, vous savez. Cette épouse était parfaitement consciente que son mari avait la détestable habitude de la tromper. Elle savait, et elle lui en voulait intérieurement, mais elle faisait semblant de tolérer ce comportement. Du coup, impossible d'espionner en personne son époux. Alors, elle a utilisé sa fille. Kazumi a dû collaborer de bon cœur, continua Yoshie, pleine d'assurance, lèvres pincées. Les filles se rangent toujours du côté de leur mère. Et la petite Tokoroda fouinait aussi dans l'ordinateur de son père. Ça ne lui avait pas échappé non plus, il me l'a dit. Mais comme il était curieux de voir la réaction de sa fille, il faisait l'ignorant et la laissait fouiner tout à loisir.

— Vous voulez dire que Kazumi connaissait l'existence de la famille virtuelle et l'implication de son père dans le groupe ?

Yoshie se rengorgea.

— Exactement ! Voilà pourquoi Tokoroda restait sur ses gardes lors de notre réunion : il avait peur de voir débarquer sa femme et sa fille. Non seulement Kazumi était au courant pour nous, mais je suppose qu'en plus, ça ne devait pas franchement lui plaire.

— C'est faux !

En réponse aux paroles de Yoshie, Tokoroda Kazumi s'était tournée vers la glace sans tain. Ses bras serraient sa poitrine de plus en plus fort, une veine bien visible enflait sur son cou.

— C'est faux ! répéta-t-elle en secouant la tête.

Une cascade de cheveux châtains jaillit sur ses épaules, gifla ses joues et se balança dans son dos.

— Elle ment !

— Kazumi…

— Je ne sais rien ! Je ne savais pas ! C'est faux, faux, archifaux !

— Il y a une chose que j'aimerais comprendre…

Takegami prit le temps de se rasseoir correctement, s'appuya au dossier de sa chaise et regarda droit dans les yeux le trio face à lui.

— … Tokoroda Ryôsuke avait une fille prénommée Kazumi. Une vraie fille. Réelle celle-là, son enfant biologique.

Minoru, bouche crispée au point de cacher sa lèvre inférieure, fixait le dessus du bureau. Ritsuko observait Takegami. Quant à Yoshie, elle ne put retenir une moue de dédain et regarda par la fenêtre.

— Résumons : Kazumi gardait un œil sur la famille que vous aviez créée avec son père sur Internet. M. Tokoroda le savait. Vous confirmez tous les trois l'avoir entendu s'exprimer à ce sujet ?

Approbation de Ritsuko.

— De plus, selon vos dires, il n'a pas cherché particulièrement à se cacher, dans le but d'étudier la réaction de sa fille.

Nouveau signe d'acquiescement, puis Ritsuko baissa les yeux.

— Il vous a également fait part de la mésentente qui régnait au sein de son foyer, de la détérioration de ses relations avec sa femme et sa fille, soulignant ainsi sa solitude.

Après une courte pause, Takegami ajouta :

— Pour moi, ça m'a tout l'air de justifications purement égoïstes.

Sans se départir de son expression butée, Yoshie finit par cligner des yeux.

— Bien entendu, reprit Takegami, c'est une situation qui prête à controverse. Première option : le climat hostile du foyer de Tokoroda était à l'origine de ses infidélités. Il aurait alors recherché une compagnie plus agréable sur Internet, d'où la création de votre famille virtuelle. Deuxième option : sa vie conjugale s'était dégradée à cause de son comportement volage. J'ignore quelle est la bonne version. D'autant plus qu'elle peut varier en fonction des points de vue.

— Je... commença Ritsuko à voix basse, avant de ravaler en vitesse la suite de sa phrase. M. Tokoroda n'avait probablement pas conscience d'être égoïste et cruel à l'égard de sa femme et de sa fille. Les gens sont comme ça.

— Mais en quoi le fait de simuler un idéal familial sur Internet était-il quelque chose de monstrueux et serait la preuve du manque de considération de M. Tokoroda pour ses proches ? protesta Yoshie d'un ton agressif. En aucun cas, nous n'avons remplacé sa vraie famille. Ce n'était rien de plus pour nous qu'un divertissement, une histoire limitée au monde du Web. Un jeu de rôles, que chacun prenait plaisir à interpréter. Expliquez-moi ce qu'il y a de mal là-dedans ?

— Pas bien méchant en soi, reconnut doucement Takegami. C'est même essentiel d'apporter un peu de fantaisie à sa vie.

— Alors, où est le problème ?

— Lorsque la fiction finit par altérer la réalité, ça change la donne.

Yoshie retrouva son attitude dédaigneuse. Ritsuko rentra davantage encore la tête dans les épaules.

— M. Tokoroda aurait dû s'arrêter dès l'instant où Kazumi a découvert votre petit jeu. Mais il ne l'a pas fait. Plus tard, une nouvelle occasion s'est présentée à lui pour mettre la pédale de frein : lors de votre réunion *off*. Quand il a révélé en direct les tourments qui agitaient la vie de sa vraie famille et a raconté que sa fille espionnait votre courrier sur son ordinateur.

Takegami se tourna vers Ritsuko.

— Dis-moi… tu es de la génération de Tokoroda Kazumi. Tu le savais ?

Pas de réponse.

— En entendant le discours de ce père de famille ce jour-là, tu n'as rien ressenti ? Même s'il s'agissait d'un monde virtuel de pure fiction, tu ne trouvais pas malsain qu'il exhibe tout ça devant sa fille ? Tu ne t'es pas mise un moment à la place de Kazumi en imaginant son état d'esprit ?

— Mais je…

— Toi aussi, tu te plaignais de l'indifférence de tes parents. C'est bien ce que tu as dit, non ? Par conséquent, si tu apprenais qu'ils jouaient au papa et à la maman modèles, avec, dans le rôle de la fille idéale, une parfaite étrangère… qu'en penserais-tu ? Tu ne serais pas blessée ? En colère ? Tu réagirais comment ?

Mouvement brusque de Minoru.

— Voilà pourquoi j'en ai eu marre, moi !

Silence. Takegami scruta le garçon, qui lui rendit son regard. Un regard furtif, avant de détourner les yeux.

— Ça m'a semblé malsain, comme truc.

— Tu en as parlé à M. Tokoroda ?

— Nan.

— Pour quelle raison ?

— J'avais pas à me mêler de ses histoires, on était pas intimes.

— Vous faisiez pourtant partie de la même famille, non ?

Un léger spasme agita le coin de ses lèvres, et Minoru s'esclaffa.

— Pas vraiment !

Puis, l'air dégoûté, il lâcha :

— Juste un jeu à la con dans lequel on regardait uniquement ce qui nous intéressait chez les autres.

— Explique-toi.

— Ça nous foutait aussi sec de bonne humeur de se connecter à Internet, on se sentait bien quand on se parlait en ligne. On trouvait ça cool comme idée. Sinon, moi, l'idée d'avoir une sœur me faisait kiffer. Plus grande ou plus petite, je m'en foutais. Et aussi un père avec qui je pouvais parler. Je voulais pas grand-chose d'autre. (La voix de Minoru devint inaudible.) Mais ça a mal tourné. Hyperchiant à la longue. Du coup, j'ai eu envie de tout arrêter.

Minoru essayait apparemment de se justifier.

— Et toi ? (Takegami s'adressait à Ritsuko.) Après votre rencontre, tu as continué comme si de rien n'était ? Malgré les confidences de M. Tokoroda ?

— Ben… c'était important pour moi.

— Important ?

— J'avais pas été habituée à recevoir autant d'attention dans ma vie de tous les jours. Vous savez, je raconte pas des salades, c'est vrai que je m'entends mal avec mes parents.

— Donc, si je comprends bien, le sort de Kazumi t'importait peu.

Ritsuko fit signe que oui d'un mouvement de la tête qui dégagea son front caché par les cheveux.

— Elle n'était pas là. Je ne connaissais ni son visage, ni son caractère. Comment savoir si cette fille nommée Kazumi existait réellement ?

— Pourtant, M. Tokoroda t'avait parlé d'elle.

— Ça prouve quoi ? Un mensonge de plus sur Internet, rien d'extraordinaire. Et ce n'est pas parce qu'on s'était vus et confiés à cette réunion *off* que je savais tout de lui.

— Tu te disais qu'il pouvait raconter des histoires ?

— Oui… peut-être pour assumer tout ça plus facilement.

— Je constate que vous avez réussi à maintenir une certaine distance entre vous quatre. Une position confortable, sans doute impossible en dehors d'une relation sur Internet.

— Monsieur l'inspecteur, intervint froidement Yoshie, vous me semblez avoir des idées préconçues. Les liens qui se nouent sur le Web ont autant de valeur qu'ailleurs. Ils ne sont pas seulement fondés sur un tissu de mensonges. Et le fait de ne pas être confronté physiquement à l'autre, de ne pas s'arrêter à l'apparence ou à la situation sociale, c'est justement ce qui nous permet de nous dévoiler et de nourrir des sentiments amoureux.

— Elle s'y croit trop, la vieille ! cracha Minoru.

— Tu vas te taire, oui ? Si tu considères Internet comme l'endroit rêvé pour faire des blagues, sache que pour moi, c'est différent !

— Quoi ? Moi, je fais des blagues ? Non mais, tu t'es entendue ? Va falloir que t'arrêtes de dire ce genre de trucs abusifs ! T'as compris, la vieille ?

Yoshie tapa sur le bureau.

— Toujours pareil ! *La vieille, la vieille, la vieille !* J'ai un nom, tu sais !

— Ah ouais ? T'es pas une vieille, peut-être ? Ah non, excuse, le qualificatif exact, c'est *vieille frustrée*. Tout, chez toi, pue la frustration !

— Tu ne sais pas de quoi tu parles ! rugit Yoshie. Les femmes comme moi souffrent des moqueries incessantes de la part de personnes dans ton genre. Tu n'as jamais songé à la peine que tu causais ? Sous prétexte qu'à notre âge nous n'avons ni mari ni enfant, nous sommes traitées comme des moins que rien. Comment peux-tu comprendre ce que nous ressentons ? (Sa bouche projetait des postillons jusque sur Takegami.) J'en ai par-dessus la tête de subir ces railleries au quotidien, ça m'épuise. Mais la vie continue, je n'ai pas le choix : je dois travailler pour manger. Même si mes collègues me mettent à l'écart. Je pourrais laisser tomber ce travail, bien sûr. Mais pour aller où ? Comment je m'en sortirais ?

Ritsuko la fixait avec stupéfaction.

— Cette famille représentait l'échappatoire dont j'avais besoin, et je prenais énormément de plaisir à en faire partie. D'accord, ça se limitait à Internet, mais c'était formidable d'être une *maman*. J'avais aussi l'impression que ma vie quotidienne avait changé, cela suffisait à me rendre heureuse.

Voilà pourquoi Yoshie ne se souciait pas des sentiments de Kazumi. Non seulement elle était incapable d'imaginer l'état d'esprit de la jeune fille, mais la question ne lui avait même pas effleuré l'esprit. Au point de ne pas hésiter à se rapprocher de Tokoroda Ryôsuke dans le monde réel, pour approfondir sa relation avec lui.

— Je serais bien en peine d'émettre le moindre jugement sur Internet, cet univers m'est si peu familier, expliqua calmement Takegami face à Yoshie, les joues en feu. Mais j'ai compris que ce média crée des rapports humains où se côtoient mensonges et vérités. A l'image de la vraie vie. A part ça, je suis un peu dépassé.

Yoshie écrasa une larme.

— Nous étions parfaitement sincères l'un envers l'autre, assura-t-elle, ne voulant pas en démordre.

Minoru et Ritsuko ne disaient mot.

— Supposons que… (Takegami leva l'index et toucha le bout de son nez.) Si Tokoroda Kazumi était venue vous voir, avant l'affaire du meurtre… qu'auriez-vous fait ?

Pendant quelques instants, la pièce sombra dans le silence. Mais Ritsuko finit par demander :

— Elle existe vraiment ?

— Bien sûr. C'est un être humain, en chair et en os.

Le trio fut de nouveau silencieux.

Les yeux rivés sur la trotteuse de sa montre, Takegami attendit une minute. Puis, avec un soupir, il annonça :

— L'interrogatoire est terminé pour aujourd'hui, vous pouvez repartir chez vous. Merci de votre coopération.

Tokoroda Kazumi pleurait.

Un filet de larmes s'était échappé de son œil droit, puis du gauche, puis encore un autre. Comme elle était toujours debout dans une attitude figée, les gouttes coulaient le long des joues jusqu'au menton, y restaient un bref instant en suspension, avant de continuer leur course et de s'échouer sur le dessus de ses chaussures.

Les bras serrés sur sa poitrine, avait-elle seulement conscience de verser des larmes ?

Chikako lui tapota l'épaule :

— Kazumi…

La jeune fille tressaillit, ses lèvres s'entrouvrirent. Quels mots allaient donc sortir de sa bouche ?

Vas-tu les prononcer, ces mots que nous attendons ? Pour que toute cette histoire puisse prendre fin…

Malheureusement, Kazumi se contenta de chuchoter :

— Je veux rentrer.

Chikako se sentit vidée, et remua des idées noires tout en articulant :

— Encore un peu de patience, d'accord ?

— Je veux rentrer !

— Il y a une autre personne que nous aimerions te montrer.

Laissant Kazumi dans la pièce, Chikako se dirigea vers la salle d'interrogatoire. Jambes lourdes, dos lourd.

Elle ouvrit la porte. A la vue de son air accablé, Takegami glissa en vitesse la main sous le bureau pour couper le micro.

Chikako lui adressa un signe négatif et dit simplement :

— Faites-le venir.

Takegami fit un léger mouvement de tête en direction de Tokunaga. Lequel se pencha aussitôt vers le téléphone… et marqua un temps d'arrêt. Sans regarder l'inspecteur. Puis, comme s'il se ravisait, sa main s'empara prestement du combiné. Son hésitation n'avait duré qu'une seconde.

Mais il avait le visage fermé.

Takegami l'observa de profil. Au souvenir de la réflexion de Tokunaga tout à l'heure : *Tout ça me donne l'impression de tordre le bras à un bébé, tu ne trouves pas ?* il formula mentalement sa réponse : *Tu as raison, mon gars. Cela ne fait aucun doute, c'est notre devoir de tordre les bras en cas de nécessité, même s'il s'agit de bébés.*

Il se montrait bien plus agité qu'ils ne l'avaient envisagé. Un agent de police l'escortait, plus Torii (1 m 75) qui soutenait par la taille ce garçon le dépassant d'une tête. Ses cheveux colorés en châtain clair comme ceux de Tokoroda Kazumi se dressaient sur son crâne, pareils aux épis d'un enfant à son réveil. La pointe de sa basket se prit dans le plancher de la salle d'interrogatoire et le fit chanceler.

Takegami se leva pour aller à sa rencontre.

— Ishiguro ? Ishiguro Tatsuya ?

Le garçon acquiesça. Yeux rouges, claquements de dents. Son poing serré frappait frénétiquement sa cuisse.

— Merci de t'être décidé à venir, c'est une sage décision.

Ishiguro Tatsuya baissa soudain la tête, la secoua mollement. Que signifiait ce mouvement ? Confirmation ? Démenti ? Confusion ? Désespoir ? Personne n'était en mesure de porter un jugement avant de l'avoir entendu.

— Ka… Kazumi… Permettez-moi de la voir, je vous en prie.

Voix mal assurée, pleine de douleur et de sollicitude. C'était un ton complètement nouveau parmi tous les protagonistes interrogés sur l'affaire au cours de l'après-midi.

— Je dois lui parler. Elle est ici, hein ? Permettez-moi de la voir. Elle et moi, nous…

— C'est faux ! s'écria Kazumi.

Combien de fois avait-elle déjà prononcé ce mot ? *Faux, faux, archifaux !* A ses yeux, tout n'était que mensonges. Tout le monde lui avait menti. Et *lui* aussi.

Silence de Chikako, de retour derrière la jeune fille, ne la quittant pas du regard.

— Pourquoi ? murmura Kazumi qui colla ses dix doigts bien à plat sur la glace sans tain.

— Pourquoi ? Tu disais que tu n'abandonnerais jamais ! Tu m'avais promis de tenir le coup… Mais pourquoi ?

Elle bougea les doigts et commença à frapper la vitre des deux mains. Un coup. Deux coups. Trois coups. Chikako se précipita pour l'en éloigner. En vain. Kazumi fit de grands moulinets furieux, et s'acharna encore sur la glace.

De l'autre côté, Ishiguro Tatsuya, attiré par le bruit, s'était rapproché. Ses mains, autrement plus larges que celles de Kazumi, se plaquèrent sur la vitre.

— Kazumi… (Sa voix captée par le puissant micro directionnel résonna dans la pièce.) Kazumi ! Ça suffit, arrête…

En vain, là aussi. Loin de se calmer, la jeune fille renversa sa chaise, fit voler son sac. La porte s'ouvrit sur un agent qui déboula dans la pièce. Mais Chikako le stoppa net du regard et maîtrisa seule Kazumi en la serrant contre sa poitrine.

— Ça suffit, arrête… répéta Ishiguro Tatsuya qui se mit à pleurer.

Mains sur la glace sans tain, l'air effondré, à présent il pleurait à chaudes larmes.

— Fini… Tu comprends ? C'est fini. Ça ne sert à rien de continuer. Faut tout arrêter.

Kazumi glissa d'entre les bras de Chikako et s'affaissa sur le sol. Genoux pliés, épaules rentrées, le corps en position fœtale… pour se faire aussi petite que possible ?

Chikako s'agenouilla et l'étreignit. Fort. Fermement. Telle une mère protégeant son enfant de la fin du monde.

Nom : Kazumi
Message posté le 04/04 à 10:39
Titre : Revoyons-nous !

Bonjour! Vous êtes tous sortis du lit? Ou c'est moi la première debout ce matin? C'était génial hier, hein? Au fait, vous avez remarqué les jeunes à la table voisine? Ils ont cru qu'on était une vraie famille.
A la tête qu'ils faisaient, j'ai bien l'impression qu'ils nous ont trouvés plutôt gnangnan, mais aussi qu'ils étaient un peu jaloux de notre relation parents-enfants.
Maintenant qu'on s'est vus tous les 4, c'est encore plus amusant. Il faut absolument qu'on se revoie!

15

Tokoroda Kazumi avait le regard dans le vide.

Elle ne voyait ni Ishizu Chikako assise à ses côtés, ni Takegami en face d'elle. Ni les murs, fenêtres ou chaises, ni le profil de Tokunaga en toile de fond, devenu pour de bon un *élément du décor* comme il se définissait.

Ni la pièce elle-même.

Ses yeux ne fixaient que le minuscule espace déterminé par le creux de ses mains jointes sur les genoux.

— Comment te sens-tu ? demanda Takegami soudain familier, en posant la seule question qui lui venait à l'esprit.

Que ferait un interrogateur chevronné en pareil cas ? Que dirait-il ? Takegami savait comment ranger en liasses des papiers officiels, classer méthodiquement des dossiers, établir des plans détaillés pour les inspections sur le terrain. Il connaissait par cœur les formules de requête pour tout type d'ordonnance du tribunal, un langage qu'il parlait avec aisance.

En revanche, il ne maîtrisait pas la langue utilisée dans une salle d'interrogatoire officielle. C'était un savoir précieux enfoui le long d'une route qu'il n'avait jamais empruntée. Trop tard maintenant pour aller le déterrer, au risque d'attraper seulement des ampoules aux mains.

A peine une demi-heure plus tôt, cette salle bruissait encore d'émotions invisibles et variées. Certaines flottaient légèrement, d'autres s'entrelaçaient autour du cou de Takegami ou se tapissaient à ses pieds, d'autres encore s'accrochaient aux barreaux de la fenêtre comme pour tenter de s'évader.

Désormais sans vigueur, elles jonchaient le sol, vidées de l'énergie nécessaire à leur mise en mouvement. Si Takegami en avait le pouvoir, il les verrait, ces cadavres d'émotions qui recouvraient le sol et s'entassaient près de ses chaussures. Il les verrait ici et là, étalées, rigides, glacées, frêles corps de papillons aux ailes disproportionnées.

L'espace de la salle d'interrogatoire, c'était le vide. Et ce vide, c'était la mort. Seul périmètre de vie : celui enfermé dans le creux des mains de Kazumi.

Aussi longtemps qu'elle ne l'écraserait pas.

— Et Tatsuya ? souffla la jeune fille dans un frémissement de lèvres.

En constatant la quasi-immobilité du visage de Kazumi, Takegami imagina un instant avoir été victime d'une hallucination. Son ouïe lui avait peut-être joué des tours, il espérait tant voir la jeune fille se confier enfin.

— Où est Tatsuya ? répéta-t-elle avec un petit cillement, le regard toujours figé sur ses paumes, comme si c'était à elles que s'adressait la question.

— Il est dans une autre salle, répondit Chikako, après un coup d'œil lancé à Takegami.

Kazumi avait bien entendu la réponse, mais elle resta figée, absente. Puis, sans bouger, elle lança :

— Laissez-le rentrer chez lui.

Takegami se pencha en avant, réduisant ainsi la distance qui le séparait de Kazumi.

— Pourquoi donc ?

— Il n'a rien à voir avec ça.

— Vraiment ?

— C'est moi qui l'ai entraîné là-dedans.

— Ce n'est pas ce qu'il a l'air de penser.

Kazumi leva soudain les yeux. Et fixa la glace sans tain.

— Il y a quelqu'un dans cette autre pièce, à présent ?

— Non, personne.

— Encore des mensonges, à tous les coups.

— Absolument pas. Tu veux vérifier ?

Kazumi marqua une brève hésitation. Puis haussa faiblement les épaules.

Takegami n'était pas en difficulté, puisqu'il le lui proposait sincèrement.

— Tu veux aller voir ?

Chikako était sur le point de se lever. Kazumi secoua la tête :

— Non, ça va.

Son regard se figea à nouveau sur ses paumes. *Si je me plaçais derrière elle,* songea Takegami, *pour fixer, comme elle, l'espace entre ses mains, est-ce que moi, je verrais quelque chose ?*

— Tu es sûre de ne pas vouloir de ta mère ici ? l'interrogea Chikako, qui avait conseillé dès le début de la séance que Tokoroda Harue reste auprès de sa fille. Kazumi s'y était opposée tout net.

— Non. C'est inutile, répondit la jeune fille dans un murmure, précisant qu'elle préférait être seule. Puis elle s'adressa à Takegami : monsieur l'inspecteur…

— Oui ?

— Depuis quand à peu près me soupçonnez-vous ?

— Tu tiens vraiment à le savoir ?

— Oui, oui.

— Même si c'est pénible à entendre.

— C'est bon. Au point où j'en suis… (La voix juvénile s'enroua soudain et se troubla.) Ce que je ressens n'a aucune importance. Je veux savoir quelle erreur j'ai commise.

Chikako baissa les yeux. Assise tout près de Kazumi, on eût dit la mère et la fille.

— Nous avons très vite compris que tu avais consulté l'ordinateur de ton père, expliqua

Takegami. Nous le savions avant même d'examiner en détail le contenu du disque dur.

Kazumi releva les sourcils. La peau d'un adulte se serait plissée, mais le front de cette fille encore jeune resta parfaitement lisse.

— Nous avions pris tes empreintes digitales, tu dois t'en souvenir. De ta mère également. Quand nous avons procédé au relevé des empreintes sur les effets personnels de M. Tokoroda, il nous fallait mettre de côté celles de sa famille.

— Ah oui, à ce propos…

— Tu avais de l'encre noire plein les doigts, j'imagine ?

— C'est vrai, et j'ai eu du mal à la faire partir.

— Je sais. Nous aussi, nous prenons nos empreintes de cette manière, au cas où on toucherait par inadvertance quelque chose sur le lieu d'un crime. Cette encre est sacrément résistante.

— Vous voulez dire que mes empreintes, il y en avait partout sur l'ordinateur de mon père ?

— Eh bien, oui. Et puis, ton père ne s'était nullement soucié de sécuriser son ordinateur. N'importe qui aurait pu accéder à l'ensemble des données. Donc… nous avons émis des suppositions.

Cependant personne n'avait envisagé que Tokoroda Ryôsuke était conscient que sa fille espionnait son ordinateur en douce.

— Je ne me suis pas préoccupée de mes empreintes, reconnut Kazumi d'une voix monocorde, je ne voyais pas le problème. Pour moi, ça ne portait pas à conséquence, puisqu'il s'agissait de l'ordinateur familial.

— En effet. C'était aussi notre avis. Nous avions affaire à une famille qui partageait cet ordinateur, donc, au début de notre enquête, nous ne te soupçonnions pas. Jusqu'à très récemment, personne ne songeait même à ouvrir une enquête sur toi.

Visiblement surprise, Kazumi leva la tête vers Takegami.

Son visage présentait un aspect fort différent de celui qu'elle exhibait plus tôt, à son arrivée au commissariat, lors de leurs salutations d'usage, alors qu'elle ne savait encore rien, qu'elle n'avait encore rien dit. Nombre de ses mimiques avaient clairement disparu : tension… excitation… prudence… Envolées. Mais surtout : la colère.

— Quand nous avons commencé nos investigations, nous avons d'abord soupçonné ta mère. Très peu de temps, je l'avoue.

— Elle m'en a parlé, admit Kazumi, et m'a même dit que c'était bien normal. Elle comprenait que la police la soupçonne. Mais elle est tellement molle, apathique…

— Résignée, oui. Quoi qu'il en soit, l'histoire d'Imai Naoko avait propulsé ta mère au rang de suspect n° 1.

— Pourtant, elle n'a pas subi d'interrogatoire dans une salle spéciale comme celle-ci. Pas une seule fois.

— Exact. Et tu sais pourquoi ? A cause d'un témoin oculaire : Fukada Tomiko, la femme qui a prévenu la police par téléphone, le jour de l'assassinat de ton père. Une dame de votre quartier. Tu vois qui c'est, Mme Fukada ?

— Euh… non…

— Pas étonnant. Les jeunes de ton âge n'ont pas vraiment de raison de fréquenter les membres du comité de quartier. Fukada Tomiko connaissait bien Mme Tokoroda. Même de nuit, et de loin, elle l'aurait reconnue si c'était ta mère qui avait soulevé la bâche en plastique pour fuir la scène du crime.

— Ah… bon, murmura Kazumi.

A l'entendre, elle semblait trouver bien simpliste la solution de cette énigme.

— Nous avons eu beau multiplier nos questions et les poser sous des angles différents, ta mère ne nous a jamais donné l'impression de connaître la liaison entre ton père et Imai Naoko. Mais quand nous lui avons annoncé que son mari sortait avec une étudiante, elle a montré si peu d'étonnement que nous l'avons un temps soupçonnée. Ensuite… (Takegami choisit ses mots.) … nous avons nettement senti que tes parents avaient conclu depuis fort longtemps une sorte d'armistice concernant les fréquentations de ton père. Ce genre d'entente conjugale est assez rare, mais pas inconcevable non plus. Par conséquent, il nous était difficile de croire qu'une femme prête à de telles concessions ait soudain tué maîtresse, puis mari.

— C'est pour ça que vous l'avez retirée de la liste des suspects ?

— C'est la raison, oui.

— Une vie de renoncement comme celle de ma mère se révèle utile en définitive.

Aucune trace d'ironie dans les paroles de Kazumi. Elle s'était exprimée avec franchise.

— Tes parents s'acceptaient tels qu'ils étaient, n'est-ce pas ?

Kazumi ne réagit pas à cette remarque de Takegami.

— De plus, poursuivit-il de la même voix douce, nous n'avons pas tardé à découvrir un autre suspect. Comme tu le sais, une jeune fille avait des problèmes avec Imai Naoko dans sa vie amoureuse. Elle est devenue notre suspecte n° 1. Et nous nous sommes tous focalisés sur elle.

— La petite A, c'est ça ? demanda Kazumi. Vu les circonstances, encore heureux que son nom n'ait pas été révélé, hein ? Sinon, la police aurait pu être poursuivie pour non-respect de la loi sur la protection des mineures.

— Mais c'est le problème des médias plutôt que le nôtre.

— Désormais, c'est moi la petite A. (Kazumi eut un faible sourire.) La *toute* petite A…

Personne n'eut à cœur de relever sa plaisanterie. Seule à s'en amuser, elle n'insista pas.

— Tu veux boire quelque chose ?

— Non, je n'ai pas soif. Dites, monsieur l'inspecteur…

— Oui ?

— Et eux, quand les avez-vous trouvés ?

— Eux ?

— Oui, la famille Internet.

— Ce n'est pas moi qui les ai dénichés, mais les recherches n'ont pas été trop compliquées, semble-t-il, puisqu'on connaissait leurs adresses e-mail. Seulement, il a fallu respecter la procédure. Ces formalités ont dû nous prendre quelque chose comme une semaine après les meurtres.

— Vraiment ? (Kazumi regarda de nouveau l'espace entre ses paumes.) Ce n'est pourtant pas difficile pour la police ! En un jour, hop, c'est réglé !

Takegami aurait eu tant à dire à ce sujet, mais il se ravisa afin de laisser Kazumi poursuivre.

— Cette femme, Mita Yoshie…

— Oui ?

— Les deux autres la soupçonnaient, non ? Mais pas la police ! Pas du tout ?

— Bien sûr que si.

— Donc, vous l'avez interrogée ?

— Oui. Mais elle disposait d'un alibi en béton à l'heure où ton père a été assassiné.

Les yeux de Kazumi s'écarquillèrent.

— Oh, vraiment ?

— Oui. Mita Yoshie se trouvait à Ôsaka pour un stage de formation de deux jours et trois nuits, elle avait quitté Tôkyô la veille du drame.

— Oh, c'est vrai que cette histoire d'alibi ne m'a même pas traversé l'esprit.

— C'est fréquent. Du reste, Mita Yoshie a eu de la chance. Les gens peuvent rarement fournir une preuve aussi solide de leur innocence lorsqu'ils sont l'objet de soupçons dans une affaire de meurtre.

— Ça alors ! murmura Kazumi d'une petite voix d'écolière. Du coup, il ne restait plus que la petite A, l'unique suspecte ?

— En effet…

— Et c'est à ce moment-là que j'entre en scène ? Ah mais non, j'imagine que j'y étais déjà.

— Tu comprends vite. Tu es intelligente.

— Exact, je suis une bonne élève, reconnut-elle, impassible. Je n'ai rien d'une idiote, et c'est pour ça que je déteste les imbéciles.

— Allons bon !

— J'ai horreur des gens qui ne font aucun effort de réflexion. Comme ma mère.

Takegami regarda Chikako. La policière fixait le vide dans le creux des mains de Kazumi.

Qu'est-ce que tu vois, Mam ?

— En fait… (Takegami rectifia sa position sur la chaise.) … je remplace quelqu'un aujourd'hui.

— Vous êtes sa doublure, en somme ?

— Oui. A la vérité, un autre inspecteur devrait être assis ici à ma place. Un policier chevronné et expérimenté, plus âgé que moi. (*En réalité, l'artisan de cette mise en scène : le scénariste.*) Il a été le premier de l'équipe d'investigation à envisager la situation de ton point de vue à toi.

— De mon point de vue ?

— Eh oui.

— Et qu'est-ce qu'il s'est dit ?

Cette question était imprégnée d'une émotion inédite chez Kazumi. Takegami crut voir une petite chose ailée s'échapper de l'espace délimité par les mains de la jeune fille, voleter, puis se poser sur son épaule.

— Cet inspecteur s'appelle Nakamoto. Nous le surnommons Naka, précisa Takegami. Une fois, il m'a confié : *Ecoute, comment se fait-il que personne n'ait rien remarqué, n'y ait même pas prêté attention ?*

... Nous cherchons bien quelqu'un ayant un mobile pour tuer Tokoroda Ryôsuke ? Quelqu'un qui lui en veuille suffisamment pour passer à l'acte criminel ?

Eh bien, il y en a un sous nos yeux ! C'est la fille de Tokoroda Ryôsuke qui consultait en douce son ordinateur.

Il a ajouté : *Si j'étais cette Kazumi, je serais en colère. Furieuse. Comment ne pas l'être face à tout ce qui se passait sous ses yeux ?*

Il paraît que c'était la guerre froide entre Tokoroda Ryôsuke et sa fille. Bon, d'accord, toute famille avec un adolescent à la maison traverse au moins une fois ce genre de crise. Mais là on est bien au-delà de ce stade. Le fait qu'il s'agisse d'un jeu sur Internet n'excuse rien. Tokoroda Ryôsuke avait dégoté une gamine portant le prénom de sa fille et il s'amusait avec elle, au vu et au su de sa propre fille qui ne ratait rien de leur petit manège. A ce niveau-là, c'est absolument condamnable, un père de famille ne doit pas se conduire comme ça. N'importe qui confronté à une telle situation ne supporterait pas d'être humilié de la sorte. C'est intolérable. Pourquoi personne n'y a songé au quartier général ?

Moi, si j'étais Tokoroda Kazumi, je serais en rage, folle de rage... Voilà ce que m'a confié Naka.

Les yeux de Kazumi étaient grands ouverts, toujours fixés sur ses paumes. Mais ses mains tremblaient, comme prêtes à se refermer, poings serrés.

N'écrase rien, implora intérieurement Takegami. *Ouvre les doigts, laisse-la s'envoler.*

Cependant, Kazumi ne pouvait pas déverser sa colère directement sur son paternel. Cela revenait à s'avouer vaincue devant lui. Et c'était le but recherché par Tokoroda. Il avait entrepris tout ça pour pouvoir prononcer les mots suivants : « Alors, tu es bien ma fille en fin de compte, hein, tu es triste que ton papa aille voir ailleurs ? Tu as finalement choisi d'écouter ce que je te dis ? Bien, tu es une bonne fifille, j'espère que tu as compris, maintenant. »

Tokoroda Ryôsuke avait traversé toute sa vie ainsi. Les relations humaines qu'il avait édifiées tournaient autour de lui. Il en était le personnage central. Toujours. Les autres devaient se contenter de graviter autour de lui comme des satellites.

Pour la première fois, quelqu'un, et qui plus est sa propre fille, s'était décidé à contester ce comportement, et à le rejeter.

Un réflexe de rébellion courant chez un adolescent. Mais que Tokoroda Ryôsuke refusait d'admettre. Il croyait qu'il réussirait à dompter sa fille, comme il avait dressé sa femme. D'où son idée de la remettre à sa place à l'aide d'un procédé cruel.

Si j'étais Tokoroda Kazumi, avait expliqué Naka, *je serais blessée, en colère. Et je voudrais savoir qui participe à cette vilaine plaisanterie. Qui sont ces individus, sans visage et sans identité, qui s'amusent avec mon père à ce jeu de mauvais goût dans un monde virtuel. Je ne pourrais pas rester dans l'ignorance. Je ferais tout pour découvrir la vérité. Et une fois certaine de l'avoir saisie, je porterais un coup violent, et bien réel...*

Takegami avait rapporté à Kazumi le discours que lui avait tenu Nakamoto. Avant d'ajouter :

— Aux dires de Naka, ces deux meurtres ont été des *accidents* malheureux et disproportionnés. Une opinion difficile à accepter par l'équipe au quartier général. Il faut reconnaître qu'ils ont la tête dure, les policiers, et ils ont bien du mal à comprendre un tel mobile. Il leur était autrement plus facile de s'en tenir au mobile classique d'une amoureuse éconduite perdant la tête, en l'occurrence, la petite A.

Takegami se tut, la salle d'interrogatoire retomba dans le silence. Pourtant, il perçut un bruissement d'ailes comparable à celui de tout à l'heure, quand une émotion s'était échappée du creux des mains de la jeune fille.

Kazumi l'entendait sûrement, elle aussi. Bien plus distinctement que ne pouvait l'entendre Takegami. Tête légèrement inclinée, yeux à peine entrouverts, elle écouta le battement d'ailes de l'émotion qui s'était envolée depuis le plus profond de son être, puis articula lentement :

— C'était une erreur…

Une erreur sur la personne.

— Je… je surveillais mon père.

— Je m'en doutais…

— Le jour de leur réunion *off*, je me suis éclipsée en plein examen pour aller à Shinjuku. Ils s'étaient réunis là-bas tous les quatre, vous comprenez. J'avais la possibilité de savoir du premier coup à quoi ils ressemblaient. Je pourrais croiser leur regard. J'avais aussi envie de débarquer au milieu de leur groupe.

L'air grave, Takegami l'incita à poursuivre.

— Mais je ne suis pas arrivée à temps, je ne les ai pas trouvés. Je m'en voulais tellement d'avoir raté cette occasion… Je bouillais intérieurement.

— Tu ne pouvais pas attendre une prochaine réunion *offline* ?

— J'aurais dû. Mais non, j'étais trop énervée, trop impatiente. Alors, j'ai commencé à l'épier. Dites, monsieur l'inspecteur… c'est drôlement difficile… se lamenta-t-elle d'une voix soudain puérile, en regardant Takegami droit dans les yeux.

— Quoi donc ?

— De suivre quelqu'un.

— Oh oui !

— En semaine, c'était pas possible, mais le week-end, j'ai tenté ma chance à plusieurs reprises quand mon père sortait. Malheureusement, à chaque fois, je le perdais de vue, ou bien je laissais tomber parce qu'il avait failli me repérer.

— Je comprends ça, oui.

— La seule fois où je me suis bien débrouillée, c'est lorsqu'il est allé au Jewel.

Là, elle avait aperçu Tokoroda Ryôsuke en conversation intime avec Imai Naoko.

— Je… je pensais que c'était elle, la *Kazumi* d'Internet. Je n'avais aucun doute. J'en étais convaincue.

A juste titre, puisque Tokoroda Ryôsuke avait envoyé un mail à cette jeune fille, lui disant son envie de la revoir.

— Ce jour-là, je me suis juste renseignée sur son nom, et j'ai appris qu'elle travaillait dans cet établissement, et alors…

Et alors, elle était revenue plus tard. Avec Ishiguro Tatsuya.

— Je lui avais tout raconté. C'est pour ça qu'il m'a escortée, il était mort d'inquiétude pour moi.

— Il portait une parka bleu millénium ?

— Oui. (Kazumi s'essuya la bouche de la main.) Il l'avait achetée dans une friperie, mais elle ne lui plaisait pas beaucoup, à cause de la couleur trop voyante. Et pourtant, ce soir-là, il l'avait sur lui. (Sa voix faiblit.) Il a peut-être choisi ce vêtement qu'il ne portait pas d'habitude, parce que c'était une sortie spéciale.

— Quelle était ton intention, une fois que tu serais face à Naoko ?

— Je voulais l'emmener quelque part… pour prendre le temps de lui parler.

— Et si elle refusait de te suivre ?

— C'est justement ce qui s'est passé. Mais j'avais prévu de l'entraîner de force au cas où. J'avais pris du fil de nylon. (Kazumi ferma les yeux.) Ma mère ne jette jamais les bouts de fil. Elle les noue ensemble, les roule en pelote et les garde en réserve. C'est ce que j'avais emporté. Je m'étais dit que je pourrais avoir besoin d'attacher Naoko.

— Et qu'est-ce que tu as pensé en la voyant ?

— … Que c'était une sale garce.

— Oh !

— Dès que j'ai commencé à lui parler, j'ai compris qu'elle n'était pas la *Kazumi* d'Internet, mais la maîtresse de mon père. En plus, elle m'a reconnue.

— Elle connaissait ton existence ?

— Eh oui ! Mon père lui avait montré une photo. Elle s'est moquée de moi : « Ça alors, c'est toi la petite môme Kazumi ! » (Front baissé, Kazumi ouvrit les yeux.) Elle me regardait, le doigt pointé sur moi, et riait, riait…

Qu'est-ce qu'il y avait de si drôle ? Pourquoi elle se marrait, celle-là ? J'étais un bon sujet de rigolade entre mon père et cette salope ?

— Alors, moi, je l'ai frappée. Avec une force démultipliée, j'imagine. Elle est tombée. Et puis elle a essayé de s'échapper. Son visage avait changé de couleur. Et je… je…

Kazumi serra les poings, mais il ne restait plus rien à écraser à l'intérieur. Ses émotions avaient filé entre ses doigts, aspirées l'une après l'autre par un tourbillon. Son cœur, éclaté en mille morceaux, s'était transformé en un torrent invisible qui jaillit dans le vide.

— C'est moi qui l'ai tuée, déclara Kazumi d'une petite voix. Tatsuya n'a rien fait.

Chikako secoua faiblement la tête.

— Papa avait deviné.

Kazumi serrait toujours les poings, mais le courant rapide s'était apaisé. Ses yeux fixaient l'espace. Elle semblait contempler le flot de ses émotions évoluer hors de son être.

— Il avait deviné que c'était moi, l'assassin d'Imai Naoko. Grâce à un sixième sens, qui sait ? Je l'ai compris à son attitude. Alors, ce soir-là, c'est moi qui lui ai proposé de nous rencontrer sur le chantier des maisons préfabriquées. Sous prétexte que je voulais éviter de parler à la maison et d'inquiéter maman.

— Là encore, tu as demandé à Tatsuya de t'accompagner.

Bouche crispée, Kazumi hocha la tête en signe d'assentiment.

— Pardon.

Ce mot s'adressait sans doute à son petit ami, pour l'heure absent de la pièce.

— A qui appartenait le couteau à fruits ?

— Je l'ai acheté.

— Toi ?

— Oui.

— Pourquoi ?

— Pour... affronter mon père.

— Tu croyais qu'il allait te frapper ?

— Non, non. Mais je pensais qu'il pourrait me livrer à la police.

— Tu ne comptais pas te rendre, une fois que tu lui aurais parlé et dit ce que tu ressentais ?

— C'est que... je n'avais pas imaginé que mon père avouerait aussi facilement.

— Avouer quoi ?

— Pour *Kazumi* et les deux autres.

— Tu voulais encore savoir, malgré ce qui s'était passé avec Imai Naoko ?

Kazumi ne répondit pas. A ce moment précis, Takegami eut l'impression d'avoir eu accès aux tréfonds de l'âme de la jeune fille, un domaine qu'elle-même n'avait probablement pas exploré. Une âme brûlante de haine, envahie par l'obstination, la malveillance, l'intolérance.

— Si je me suis lancée là-dedans, c'était pour en savoir plus sur eux, expliqua Tokoroda Kazumi qui faisait preuve d'une détermination inébranlable. Je voulais les rencontrer un par un, en tête à tête, et leur raconter. Leur annoncer que j'avais tué quelqu'un parce qu'ils s'étaient joués de moi. Je voulais aussi montrer à mon père de quoi j'étais capable. Et je comptais bien l'obliger à m'écouter, en le menaçant si nécessaire.

A cet endroit, en cet instant, pourquoi n'avait-elle pas reculé d'un demi-pas ? Pourquoi ne s'était-elle pas tournée légèrement sur le côté, pour voir la situation sous un angle différent ?

— Mais mon père a déclaré qu'il couvrirait les actes que j'avais commis. (Elle versa une larme.) Il a ajouté : *Tu es ma fille, qui te défendra si ce n'est pas moi ?* Et puis : *Je ne te livrerai jamais à la police, ne parlons plus de cette histoire d'Imai Naoko, oublie-la, dis-toi que tu as fait un mauvais rêve…*

Moi, ton père, je te protégerai.

— Quel connard ! (Ses larmes ruisselaient à présent.) Il n'avait rien compris. Rien n'avait changé. Il m'adressait les mêmes belles paroles qu'à la *Kazumi* du Net, c'est tout, il cherchait à me manipuler comme il le faisait avec elle. J'avais assassiné quelqu'un, j'étais choquée, abattue, et lui, il s'imaginait juste qu'il pourrait faire de moi sa chose ? Pas question !

C'est pour ça que je l'ai tué.

— Monsieur l'inspecteur…

— Oui ?

— C'est aussi l'inspecteur Nakamoto qui a eu l'idée de me convoquer à la police et de me montrer *Kazumi* et les autres, pour que je contacte Tatsuya ?

— Exact.

— Vous ne pensiez pas que j'avais agi seule ?

— Non, en effet. Nous avions entendu dire qu'il était très important pour toi, et qu'après le meurtre de ton père tu lui avais lancé que tu te vengerais et tuerais s'il le fallait.

Tokoroda Harue avait interprété ces paroles comme étant une manifestation de la colère de Kazumi contre l'assassin.

— Les personnes qui ont perdu un proche, victime d'un crime, n'expriment pas de colère aussi rapidement. Ils réagissent plutôt comme ta mère.

— Oh…

— Je n'irais pas jusqu'à affirmer qu'une jeune fille est incapable de tuer à elle seule. Mais dans ce cas précis, cela semblait peu plausible.

Les joues mouillées de larmes, Kazumi baissa la tête.

— En même temps, qu'est-ce qui vous assurait que je téléphonerais à Tatsuya ? Rien du tout…

— D'accord, mais tu l'as fait !

— Oui… parce qu'au moment où vous avez donné à haute voix les noms des membres de la famille et tout le reste, j'ai pensé que si je prenais des notes, ça paraîtrait bizarre.

— Donc, tu lui as envoyé un message de ton portable ?

— Oui.

— Pile-poil ce qu'on avait prévu. Enfin, pas moi, Naka bien sûr.

Les jeunes de cette génération ne se servent pas de crayon et de papier. Laissez-lui son portable, vous verrez, elle l'utilisera très vite.

— C'est pour cette raison que vous surveilliez Tatsuya ?

— Exact.

— Dans l'idée qu'il finirait par avoir la pétoche ?

— Ecoute, répondit Takegami, tu n'avais pas encore flanché, hélas ! Tu voulais découvrir d'où sortaient ces gens en réalité, qui ils étaient dans le fond. Je me trompe ?

— Non, non.

— Alors, quand nous avons compris que Tokoroda Ryôsuke s'était créé une famille sur le Net, soudain tu t'es mise à raconter que tu avais vu des inconnus en compagnie de ton père, pas vrai ?

— Mais…

— Tu as inventé tout ça pour que la police se lance à la recherche de *Kazumi* et des deux autres, n'est-ce pas ?

— C'est bien ce qui s'est passé, vous les avez trouvés.

— Exact. Sur ce point, ton raisonnement était correct. Par contre, cette histoire de harceleur… là, c'était du grand n'importe quoi. Tu as imaginé cette fable pour fausser notre enquête ?

— Oui, j'avais peur d'être soupçonnée, moi. Je ne savais pas encore pour la petite A.

— Je vois…

— Et apparemment, tout le monde a gobé mes histoires, vu que vous m'avez placée sous protection. (Kazumi prit un air légèrement honteux.) Du coup, j'ai pensé que si je continuais à mentir aussi bien, cette fois vous alliez vous intéresser pour de bon à *Kazumi* & Cie.

— Mais tu as fait une grosse erreur de jugement sur un autre point.

— Ah oui, à quel sujet ?

— C'était trop pour ton Tatsuya : il ne pouvait plus te suivre.

Kazumi se mordit les lèvres jusqu'au sang.

— L'annonce de ta convocation à la police a suffi pour lui faire perdre pied. Puis tu es venue ici, et tu l'as informé par mail que tu connaissais enfin la véritable identité et l'adresse de chacun des membres de la famille virtuelle. Lui qui s'apprêtait à abandonner la partie ! Et qui voulait que tout ça se termine…

— Sans cette affaire de parka, il n'aurait pas posé de problème. (Une lueur brilla au fond des prunelles de Kazumi.) Il aurait tenu bon.

— Comment savoir…

Une aubaine, à l'évidence, que la découverte de cette parka aujourd'hui. Néanmoins, si la chance n'était pas au rendez-vous, Nakamoto avait prévu l'intervention d'un faux témoignage pendant l'interrogatoire. Témoignage selon lequel Ishiguro Tatsuya aurait été aperçu en parka bleue.

Franchement, je n'ai aucune envie de recourir à ce type de procédé, avait reconnu Naka. Cette idée l'avait même rendu malade. Car cette partie du scénario dévoilait crûment le cynisme de leur plan. Non pas qu'il soit particulièrement rare que la police raconte des mensonges aux suspects. Mais Naka, qui n'avait pas participé depuis longtemps à des séances d'interrogatoire, n'était plus vacciné contre ce genre de pratique.

Voilà pourquoi, précisément, la découverte de la parka au moment propice semblait récompenser la ténacité de Nakamoto.

— En un mot, vous m'avez eue au bluff, c'est ça ? Je suis tombée dans le piège.

Impossible de la contredire : c'était la vérité.

— Mais je vous préviens, vous vous mettez le doigt dans l'œil !

— C'est-à-dire ?

— J'ai toujours la haine. Je ne suis pas prête à me résigner, vous pouvez me croire. Et ce n'est pas demain la veille que je pardonnerai !

— A qui ? Aux membres de la famille d'Internet ?

— Oh, que oui ! Je suis encore mineure, ne l'oubliez pas, j'ai toute la vie devant moi. Qui sait si, après ma libération, je n'irai pas rendre visite à cette fille et à ses comparses ? Et quoi qu'il arrive, c'est la police qui sera responsable. Entièrement votre faute !

Bravade enfantine. Bien que parfaitement conscient de cette attitude de défi, Takegami sentit son cœur se décomposer.

Quelle ironie… Tokoroda Kazumi ressemblait tellement à son père. D'une confiance absolue en elle et en ses ressources, prête à tout pour imposer son point de vue.

Serait-ce symptomatique de l'époque ? Moi, moi, moi ! Voilà ce qui prédomine. La quête de son vrai moi, à tout prix. Et ceux qui ont la prétention de se connaître sans s'être donné la peine de creuser la question, choisissent de satisfaire leur moi par tous les moyens, au mépris des sentiments de l'entourage. Que peut-on y faire ?

— Ce n'étaient pas les vrais internautes, révéla Takegami. Tout cela n'était que mise en scène.

Une surprise authentique envahit le visage de Kazumi.

— Que… quoi ?

— Ils sont de la police, tous les trois. Pour tenir les rôles de *Kazumi* et *Minoru,* nous avons fait appel à deux jeunes recrues. Honnêtement, nous nous inquiétions un peu de leur crédibilité en tant qu'adolescents.

Il expliqua que le contenu de leur conversation dans la salle d'interrogatoire avait été élaboré à partir des informations glanées auprès des véritables membres de la famille Internet. A ce niveau-là, rien n'avait été inventé, mais tout le reste était faux.

— Noms, adresses, professions… tous faux. Donc, retour à la case départ, tu n'as rien appris de plus. Tu ne pourras jamais retrouver *Kazumi* et *Minoru.*

Tu ferais mieux de ne pas chercher. Et d'oublier tout ça. Si elle avait entendu plus tôt ce genre de conseil (n'importe lequel), si quelqu'un (n'importe qui) lui avait parlé ainsi, elle aurait peut-être choisi une autre voie.

— Mais alors… (Kazumi se souleva de son siège.) … ce mail ? Vous savez, celui que papa a envoyé à Mita Yoshie. Je l'ai vu, moi ! Ce n'est pas une invention ni un mensonge. Vous n'avez pas pu le fabriquer de toutes pièces. Ce mail, c'est bien celui de la *maman* d'Internet ? Oh ! A moins que…

Chikako relaya Takegami :

— Voilà, tu y es : Mita Yoshie n'est pas la *maman.*

— Mais alors, qui est-ce, dites-le-moi !

— … la petite A. C'est la petite A !

Kazumi pressa les mains sur ses joues.

— Elle éprouvait des sentiments mitigés à l'égard de ton père. Mais ça ne l'a pas empêchée de lui adresser un mot, finalement, pour qu'il l'aide à résoudre ses problèmes avec Imai Naoko. Ce mail était sa réponse à lui.

Il était fort possible que Kazumi ait vu ce message. Par conséquent, les enquêteurs devaient introduire habilement le nom de *Mita Yoshie* pendant leur mise en scène d'aujourd'hui, cette partie ayant d'ailleurs donné un mal fou à Nakamoto dans l'élaboration de son scénario.

— Tu te souviens certainement du contexte de la rencontre entre Mita Yoshie et ton père, n'est-ce pas ?

Il avait trouvé sans-gêne le comportement de Naoko, et du coup, avait donné sa carte de visite à Mita Yoshie, en lui proposant de l'aider de ses conseils.

— Elle s'était sans doute résolue à se raccrocher à cette bouée. Mais pour ceux qui soupçonnaient la petite A, ce mail était la preuve indirecte qu'elle avait fait des avances à ton père… en un mot, qu'elle aurait pu le tuer. Alors, Kazumi, tu ne voudrais pas réfléchir à ça ?

Kazumi restait bouche bée, bras ballants, écoutant à peine.

— Ton père avait ses faiblesses, à l'évidence. Mais le fait est que beaucoup de personnes se fiaient à lui. Même si Mita Yoshie l'avait rencontré dans les circonstances particulières que tu connais, elle avait décidé de lui demander de l'aider de ses conseils, signe qu'elle avait senti chez lui une forme de gentillesse, l'imaginant capable de la soutenir.

Kazumi haussa les sourcils. Comme si elle venait d'entendre des propos inadmissibles.

— De la *gentillesse* ?

— Oui, oui. Il arrive souvent que certains traits de caractère soient assimilés à des défauts pour les uns, et au contraire à des qualités pour les autres. Ton père était un homme gentil.

— Ah oui ? Et c'est à cause de cette merveilleuse *qualité* qu'il se sentait obligé de me protéger, selon ses termes ? (Pas une once de chaleur dans la voix de Kazumi.) C'est une blague ! Je n'ai pas besoin de cette gentillesse-là !

— Et de quoi aurais-tu besoin ?

C'est vrai. De quoi Kazumi avait-elle besoin ?

— D'honnêteté, répondit-elle. De justice. Quand on fait souffrir quelqu'un par pur égoïsme, il doit payer pour ça, point. C'est normal. Et c'était mon unique souhait.

Jamais, pour rien au monde, je ne pardonnerai à celui ou celle qui me trahit et me fait du mal. A personne.

« C'est de vengeance dont tu parles, et non de justice », faillit rectifier Takegami, avant de se raviser.

— Pourquoi ne pas se contenter de déstabiliser Ishiguro Tatsuya ? avait suggéré Takegami lors de l'élaboration du plan. On pourrait le faire craquer facilement sans recourir à un scénario aussi sophistiqué. Un garçon a les nerfs moins solides, en général.

Mais Nakamoto s'y était formellement opposé :

— Si on choisissait cette option, ça pourrait mal finir, je le sens.

— Comment ça ?

— Tokoroda Kazumi est une fille volontaire. Elle ne pardonnera jamais une trahison. Même venant de Tatsuya, avait assuré Nakamoto. Si nous voulons des aveux, il faudra les piéger tous les deux en même temps, sinon gare ! C'est trop risqué. Je suis catégorique.

Les poings de Kazumi tambourinaient sur la glace sans tain tandis qu'elle hurlait : *Pourquoi ? Pourquoi ? Pourquoi ?* Et quelle expression sur son visage !

Là encore, Nakamoto avait vu juste. *Tu sais, Naka, tu devrais reprendre ton poste d'enquêteur sur le terrain, c'est vraiment ta place.*

Assise près de Kazumi, une main sous le menton, Ishizu Chikako resta pendant un moment à dodeliner de la tête, comme si un souvenir absorbait son esprit. Puis elle s'exprima :

— La justice. En voilà un joli mot, dit-elle de son ton plein de douceur. Mais écoute-moi, Kazumi, j'ai connu quelqu'un qui croyait très fort en la justice, encore plus que toi. Et au bout du compte, elle a tué beaucoup de gens.

Il s'agissait de cette fille impliquée dans l'affaire ayant entraîné la rétrogradation de Chikako. Takegami l'entendait évoquer cette histoire pour la première fois. Jamais, à sa connaissance, elle n'en avait parlé ailleurs qu'ici, aujourd'hui.

— C'était une jeune, comme toi, poursuivit Chikako. Elle n'a pas connu une fin heureuse, loin de là. Tu vois, encore maintenant je ne peux m'empêcher de déplorer sa mort.

— Moi, je n'ai pas de regrets, assura Kazumi.

Où était la vérité ? Dans ce *pardon* prononcé tout à l'heure, ou dans cette ultime phrase ?

Après le départ de Kazumi de la salle d'interrogatoire, Takegami resta sans bouger à méditer, prêtant l'oreille aux derniers échos de la voix de la jeune fille qui résonnaient encore dans la pièce.

Kazumi confia que cela avait été amusant de participer à ce jeu de rôles sur Internet. Et que cette expérience lui avait apporté quelque chose d'essentiel, qu'elle n'aurait jamais pu trouver ailleurs. La *maman* reconnut elle aussi que ce jeu avait été une source de réconfort dans sa vie solitaire. Quant à *Minoru*, malgré ses remises en question, il n'avait pas réussi à détourner son attention de cette famille. Probablement parce que ce jeu de rôles lui avait permis d'exaucer, même de manière imparfaite, son pauvre rêve : *J'ai toujours eu envie d'un père qui communiquerait avec moi.*

Et si Tokoroda Kazumi s'était aventurée sur Internet, que se serait-il passé ? Une question vaine désormais, mais sur laquelle s'attarda pourtant Takegami. Et si, protégée par un pseudo, visage invisible et voix inaudible, elle avait eu l'occasion de se confier à quelqu'un, en toute sécurité ? Et si, sans dévoiler ses yeux noirs de colère et sa bouche déformée par la douleur, elle avait réussi à exprimer ses sentiments et à vider son cœur ? L'issue aurait-elle été différente ?

Qui sait ? Peut-être que quelqu'un, dans le vaste cyberespace, aurait pu remplir le rôle qu'Ishiguro Tatsuya, quoique fait de chair et de sang et susceptible d'agir dans la vie réelle, avait été incapable d'assumer. Qui sait ? Elle serait peut-être tombée sur quelqu'un sachant lui parler, l'apaiser, comprendre sa colère, tout en étant hors de sa portée, à une distance nécessaire pour ne pas être pris dans ses filets. Quelqu'un comme Nakamoto peut-être. Un être capable de compréhension et de compassion.

Le téléphone de la ligne intérieure retentit. Après un bref échange, Tokunaga annonça :

— Le directeur te demande.

— OK, j'y vais.

Takegami se détendit. *Ouf! c'est fini.*

— Tu crois que l'inspecteur Ishizu va bien ?

— Comment ça ?

— Non, c'est juste que… tu l'as entendue tout à l'heure. (Tokunaga eut un léger haussement d'épaules.) Cette vieille affaire lui trotte toujours dans la tête, elle n'arrive pas à s'en remettre, non ?

— Difficile à dire…

Moi, je suis sûr que non, murmura Tokunaga comme pour lui-même, avant de s'exclamer :

— Oh, j'allais oublier ! Nakamoto est toujours dans un état stationnaire.

— On vient de t'informer au téléphone ?

— Oui. Akizu s'est renseigné auprès du personnel de l'hôpital.

— J'aimerais tant qu'il se réveille vite. Moi, sa doublure, je veux retrouver ma place habituelle, je veux retourner à mon poste.

Cette pièce en un acte qu'ils avaient jouée tous ensemble, ils en étaient enfin venus à bout. Pourtant, le principal instigateur de cette mise en scène était plongé dans le sommeil. Jusqu'à quand ? *Dépêche-toi de te rétablir, Naka, reviens-nous vite fait. J'ai hâte de te raconter comment je me suis démené pour te servir de doublure.*

Mais non, pensa Takegami, la priorité des priorités pour Nakamoto serait de voir Tokoroda Kazumi. *Je voudrais qu'il la rencontre, qu'il lui parle. Lui seul est capable de trouver les bons mots.*

— Alors, s'improviser acteur, c'est comment ?

— Ça ne me convient pas.

— Ah bon ? Mais tu as été formidable !

— J'ai gardé à l'esprit la *théâtralité* de la situation, c'est la seule chose qui m'a permis de mener à bien cet interrogatoire. Je ne pourrais pas faire ce travail en vrai. (*Je suis un professionnel du bureau, moi.*) En tout cas, il faudra remercier les trois policiers qui ont interprété les rôles. Ils nous ont rendu un fier service, et leur jeu d'acteur était parfait.

— Et je doute qu'ils aient un jour la possibilité de réitérer l'expérience au cours de leur longue carrière dans la police.

Takegami eut un large sourire.

— Et celle qui a joué le rôle de Mita Yoshie, quel talent !

— Tu trouves ?

Takegami la mima donnant la réplique :

— *Est-ce que tu te rends compte combien on nous fait souffrir, nous, les femmes ?* Arrange-toi pour qu'elle ne puisse jamais te dire un truc pareil, hein, Tokunaga ?

— D'où tu tiens ça ? Qui te l'a dit ? demanda l'intéressé un peu gêné.

— Bouche cousue, je ne divulgue pas mes sources.

— C'est infernal, tu as des oreilles qui traînent partout.

Takegami se souleva avec effort de sa chaise. *Je suis épuisé*, reconnut-il en son for intérieur.

Autrement plus agile, Tokunaga avait déjà sauté sur ses pieds, et jetant un regard au-dehors, il s'écria :

— Ça alors !

Takegami se retourna avant de sortir. Tokunaga effleurait du doigt les barreaux de la fenêtre.

— C'est un papillon… Une piéride du chou.

Comment était-il arrivé là ?

Le lépidoptère aux ailes blanches s'était posé sur un barreau.

— Normal, on est au printemps.

Tokunaga lui donna une pichenette et le papillon s'envola. Aussi léger qu'un pétale blanc, il voleta et disparut, emporté par un courant d'air.

Vestiges de toutes les émotions échouées sur le sol de la salle d'interrogatoire, telles d'innombrables ailes abandonnées. Fragments du cœur de Kazumi qui s'étaient échappés du creux de ses mains jointes. Mensonges et vérité. Dans l'esprit de Takegami, cette image se superposa aux battements d'ailes d'un papillon sans défense. Sans abri. Seul au monde. Tout blanc.

— *Le jour où, tôt ou tard, j'irai en enfer…* (Tokunaga chuchotait presque, avec une légère inflexion de la voix.) … *qu'apporterai-je à mes parents et à mes amis qui m'y attendent ?*

— Encore une de tes citations ?

— Oui. C'est un poème. Mais je ne l'ai lu qu'une fois, il y a très longtemps. Je me demande bien pourquoi il me revient en mémoire maintenant.

Qu'apporterai-je…

— Eh bien, quoi donc ?

— Attends… si je ne me trompe… (Tokunaga réfléchit.) *Le corps pâle et déchiré d'un papillon.* J'y suis ! Tu sais, cette légende où le papillon incarne l'âme d'un mort : il quitte le cadavre et, en prenant son envol, annonce l'ultime étape. *A mes parents, je l'apporte.*

Tokunaga continua :

— *Et, en leur donnant, je dirai : toute ma vie, comme un enfant solitaire, je lui ai couru après.*

Il se tut, les yeux un instant fixés sur le ciel, puis referma la fenêtre.

— Allez ! (Takegami lui tapota l'épaule.) Nous avons encore du travail.

Achevé d'imprimer en Espagne par

BLACK PRINT

Dépôt légal : juin 2012